KB236875

옛사람들의 교통과 통신

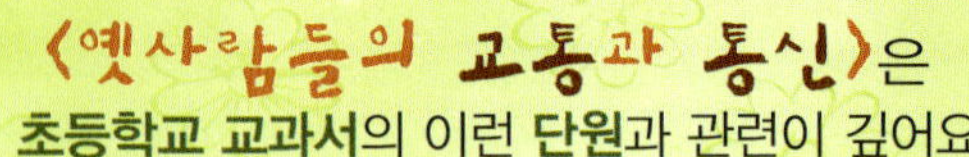

〈옛사람들의 교통과 통신〉은
초등학교 교과서의 이런 단원과 관련이 깊어요.

옛사람들의 교통과 통신

우리누리 글 • 민재회 그림

주니어중앙

어린이가 꿈을 키우는 터전

꿈 많은 어린 시절엔 장대한 역사와 위대한 문화유산에 관한

책을 읽는 것이 좋다.

거기에는 어린이가 꿈을 키우는 터전이 있기 때문이다.

감수성 예민한 어린 시절엔 흥미로운 그림을 통하여

재미있게 이야기를 풀어간 책이 좋다.

그것은 시각적 인식을 통해 어린이의 상상력을 자극하기 때문이다.

『오십 빛깔 우리 것 우리 얘기』는 이런 필요조건을 갖춘

고급 어린이 교양도서라 할 만한 것이다.

유홍준
(전 문화재청장, 현 명지대 교수,
『나의 문화유산 답사기』 저자)

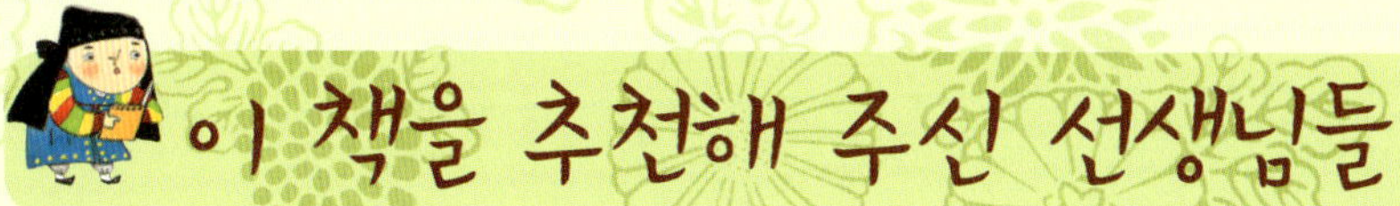

이 책을 추천해 주신 선생님들

● 전래놀이, 풍속과 관련된 수업에 활용하고 있습니다. 옛 풍속과 관련해서 요즘에는 잘 사용하지않는 용어들이 있어서 아이들이 어려워하는데, 이 책에는 사진 자료와 함께 쉽고 정확하게 설명이 되어 있어 아이들이 이해하기 쉽게 되어 있습니다.

— 손영수 선생님(가사초등학교)

● 아이들이 우리의 전통문화를 쉽게 접할 수 있도록 도움을 주는 소중한 자료입니다. 우리 학교의 독서 퀴즈 대회에서 매년 사용하는 책이랍니다.

— 성주영 선생님(도당초등학교)

● 우리의 옛 풍습과 문화, 관혼상제 등에 대해 자세히 설명되어 있어 수업을 하기 전에 미리 읽어 오라고 하는 도서입니다.

— 전은경 선생님(용산초등학교)

● 우리의 문화와 역사를 등학생들이 이해하기 쉽도록 재미있는 옛이야기로 풀어낸 점이 가장 마음에 듭니다. 등 교과와 연계된 부분이 많아 학교 수업에 많이 활용하는 도서입니다.

— 한유자 선생님(삼일초등학교)

김임숙 선생님(팔달초)	조윤미 선생님(화양초)	이경혜 선생님(군포초)	염효경 선생님(지동초)
오재민 선생님(조원초)	박연희 선생님(우이초)	박혜미 선생님(대평중)	이진희 선생님(수일초)
최정희 선생님(온곡초)	정경순 선생님(시흥초)	박현숙 선생님(중흥초)	김정남 선생님(외동초)
이광란 선생님(고리울초)	김명순 선생님(오목초)	신지연 선생님(개포초)	심선희 선생님(상원초)
문수진 선생님(덕산초)	정지은 선생님(세검정초)	정선정 선생님(백봉초)	김미란 선생님(둔전초)
김미정 선생님(청덕초)	조정신 선생님(서신초)	김경아 선생님(서림초)	김란희 선생님(유덕초)
정상각 선생님(대선초)	서흥희 선생님(수일중)	윤란희선생님(안산시근로자시민문화센터어린이도서관)	

『오십 빛깔 우리 것 우리 얘기』 시리즈가 처음 출간된 지 어느덧 16년이 되었습니다. 그동안 수많은 어린이와 부모님, 그리고 선생님들의 사랑을 받으며 전 50권이 완간되었고, 어린이 옛이야기 분야의 고전(古典)이자 스테디셀러로 굳건히 자리매김해 왔습니다.

이 시리즈는 '소중히 지켜야 할 우리 것'에 대한 이야기를 어린이를 위해 '쉽고 재미있게' 풀어쓴 책입니다. 내용으로는 선조들의 생활과 풍습 이야기, 문화재와 발명품 이야기, 인물과 과학기술·예술작품 이야기, 팔도강산과 고유 동식물 이야기 등 우리나라 역사와 전통문화 모든 영역을 총망라하고 있습니다. 그리고 이를 50가지 주제로 엮어 저학년 어린이도 얼마든지 볼 수 있도록 맛깔나는 옛이야기로 담아냈습니다. 장대한 역사와 위대한 문화유산을 배우기에 옛이야기만큼 좋은 형식도 없기 때문입니다.

대한민국 국민으로서 알아야 하고 전해야 할 우리 것, 우리 얘기는 아주 많습니다. 그동안 이 시리즈를 통해 많은 어린이가 우리 것을 알게 되고, 우리 얘기를 사랑하게 되었을 것입니다. 시간이 흘러도 역사와 전통문화의 향기는 변하지 않기 때문입니다.

　　하지만 저희는 그 향기를 담아내는 그릇이 그간 색이 바래고 빛을 잃었다는 사실에 가슴이 아프고 안타까웠습니다. 그래서 책에서 전하는 우리 것의 향기를 오롯이 담아낼 수 있는 새로운 그릇을 찾고자 하였습니다. 그 그릇을 통해 향기가 더욱 그윽해지고 멀리까지 퍼져서, 수백 년 수천 년 전의 우리 것이 오늘날에도 살아 숨 쉴 수 있도록 생명력을 주고자 하였습니다.

　　이에 몇 가지 원칙을 가지고 『오십 빛깔 우리 것 우리 얘기』 시리즈를 새롭게 출간하게 되었습니다.

◎ 원작이 가지는 옛이야기의 맛과 멋을 그대로 살렸습니다.

◎ 요즘 독자들의 감각에 맞추어 디자인과 그림을 50권 전권 전면 개정하였습니다.

◎ 교과 학습의 길잡이가 될 수 있도록 연계 교과를 표시하였습니다.

◎ 학습정보 코너는 유익함과 재미를 함께 줄 수 있도록 4컷 만화, 생생 인터뷰,
　　묻고 답하기 등으로 내용을 재구성하였고, 최신 정보와 사진을 수록하였습니다.

◎ 도표, 연표, 역사신문, 체험학습 등으로 권말부록을 풍성하게 꾸며서
　　관련 교과 학습을 강화하였습니다.

　　이 책을 처음 읽었을 8살 꼬마 독자는 지금쯤 나라와 민족에 긍지를 가진 25살 자랑스러운 대한민국 청년이 되었을 것입니다. 그 청년이 부모가 되어서도 자녀에게 다시 권할 수 있는 그런 책이 되기를 바라며, 이 시리즈를 오십 빛깔 그릇에 정성껏 담아 내어놓습니다.

주니어중앙

옛사람들의 생활을 이어 준 교통과 통신

친한 친구가 먼 곳으로 이사 갔다고 해서 몇 날 며칠을 슬퍼하는 친구는 없을 거예요. 전화나 인터넷으로 소식을 주고받으면 되니까요. 또 주말에는 자동차나 기차를 타고 만나러 갈 수도 있지요.

지금은 편리한 교통수단이 많아서 먼 곳도 짧은 시간 안에 갈 수 있어요. 또한 전화와 인터넷 같은 통신수단을 이용해서 외국에 있는 친구와 바로 옆에 있는 것처럼 대화를 나눌 수도 있답니다. 이처럼 빠르게 발달한 교통과 통신은 우리 생활을 편리하게 해 주고 있어요.

아주 먼 옛날 우리 조상들은 어떻게 소식을 주고받으며 살았을까요? 자동차도 없고 전화기도 없었는데 말이에요.

전쟁이 난 급박한 상황에 사람들은 무얼 타고 싸우러 갔는지, 눈이 쌓인 산속에서는 무얼 신었는지, 적이 쳐들어오면 사람들에게 어떻게 알렸는지, 임금님의 명령은 어떻게 전했는지…….

궁금한 게 한 보따리가 넘는다고요? 그럼 선생님과 함께 재미있는 옛이야기 나라로 떠나 볼까요?

말은 자동차처럼 편하지는 않지만 매연이 없는 싱그러운 숲속을 산책하는 것처럼 거닐 수 있지요. 신 나는 나팔 신호 소리를 따라가다 보면 하늘에 떠다니는 신호연을 보거나 가마를 타고 나들이 가는 여인을 만날지도 몰라요. 지금보다 조금은 불편하지만 여유와 낭만이 있는 옛사람들의 교통과 통신을 함께 체험해 보아요.

어린이의 벗 우리누리

차례

원균 장군의 애마 말

"저거야, 저거! 임금님이 타던 말!"

"와, 임금님이 타던 말이라 다르긴 다르네!"

"덩치도 크고, 눈도 부리부리한 게 아주 빠르겠어."

논일을 하던 마을 사람들이 말을 보며 한마디씩 했어요. 원균 장군이 임금님께 선물 받은 말을 타고 지나가고 있었거든요. 장군은 전라도에 있는 군대를 이끌기 위해 가는 길이었지요.

마을 사람들의 말대로 장군의 말은 다른 말보다 유난히 몸집이 컸고, 빨리 달릴 수 있었어요. 장군은 나라에 무슨 일이 생겼다는 소식을 들으면 누구보다 빨리 달려갈 수 있었어요.

그러던 어느 날, 군졸이 달려와 장군에게 말했어요.

"장군님, 왜적이 쳐들어왔습니다!"

"뭐야? 어서 군사들을 모아라!"

장군은 군졸에게 명령하고 갑옷으로 갈아입고는 마당으로 나갔어요. 마당에는 말이 늠름한 모습으로 장군을 기다리고 있었지요.

"오늘도 나라와 백성을 위해 목숨을 걸고 싸워야 한다!"

장군은 스스로에게 다짐하듯 말에게 얘기했어요. 그리고는 안장에 휙 올라타 채찍을 힘차게 내리쳤어요. 말은 힘찬 울음소리를 내며 앞발을 한 번 들어 올리더니 달리기 시작했어요. 꼬불꼬불한 산

길을 지나고 울퉁불퉁한 계곡을 지나서 장군은 전쟁터에 도착했지요. 전쟁터에는 수많은 군사가 모여서 장군의 명령을 기다리고 있었어요. 장군은 고삐를 당겨 말을 세우고 큰 소리로 물었어요.

"나라를 위해 싸울 준비가 됐느냐?"

"네!"

장군의 말에 군사들은 큰 소리로 대답했어요.

"그렇다면 나가서 싸우자! 내가 맨 앞에 서서 싸울 것이다!"

　장군은 말을 몰아 왜적을 향해 달렸고, 그 뒤를 수많은 군사가 따랐어요. 왜적은 장군의 칼에 하나둘씩 쓰러져 갔어요. 장군과 말은 날아오는 화살을 피하며 벌 떼처럼 몰려드는 적을 향해 달려 갔어요. 우리 군사들도 있는 힘을 다해 화살을 쏘고 창과 칼을 휘둘렀지요. 모두가 열심히 싸운 덕에 장군의 군대가 승리를 했어요. 군사들은 기뻐서 소리쳤고, 장군도 흐뭇한 미소를 지었지요.

“장군님, 말의 다리에서 피가 납니다!”

　한 군사가 장군에게 다급히 말했어요. 적의 칼에 다쳤는지 앞다리에서 피가 흘렀어요.

　장군은 깜짝 놀라 말의 상처를 살폈고, 상처를 보자 가슴이 아팠어요. 장군은 우선 자신의 옷자락을 찢어서 상처를 감싸고는 집에 데리고 와서 정성껏 치료해 주었어요.

　장군의 정성 덕분인지 말의 상처는 금세 나았어요.

　그 뒤로 장군은 더 높은 자리에 올랐고 전라도, 경상도, 충청도의 바다를 지키게 되었어요. 그런데 또다시 많은 수의 왜적이 쳐들어왔고 이번에는 바다에 나가서 싸움을 해야 했지요.

　"오늘은 너와 함께 갈 수가 없구나! 이기기 어려운 싸움이지만 최선을 다하고 돌아오마!"

　장군은 말을 쓰다듬고는 배에 올랐어요.

말은 장군을 따라가려고 몸부림을 쳤어요. 하지만 고삐가 기둥에 묶여 있어서 따라갈 수 없었지요.

배를 타고 바다로 나간 장군은 적은 수의 군대를 이끌고 전투를 벌였어요. 왜적은 쉴 새 없이 총을 쏘아 댔고 여기저기서 군사들이 쓰러졌어요. 정신없이 싸우던 장군도 왜적의 칼에 목숨을 잃고 말았어요. 그 순간, 육지에 있던 말은 장군의 죽음을 느끼고 큰 소리로 울며 몸부림을 쳤어요.

"히이잉!"

그때 말의 고삐가 풀어졌어요. 말은 장군이 쓰던 담뱃대와 신발을 입에 물고 쉴 새 없이 달렸어요. 물도 한 방울 먹지 않았지요. 말이 기진맥진한 채 도착한 곳은 전쟁터에서 멀리 떨어진 장군의 집이었어요.

　말은 장군의 집에 도착하자마자 대문 앞에서 쓰러지고 말았어요. 총명하게 빛나던 눈동자는 빛을 잃어 갔지요.

　“아니, 네가 왜 여기 쓰러져 있어? 장군님은? 장군님은 어찌 된 게야?”

　대문 앞에 쓰러진 말을 발견한 장군의 아내는 깜짝 놀라서 소리쳤어요. 아내는 말이 물고 있던 담뱃대와 신발을 보고 나서야 남편이 전쟁터에서 죽었다는 것을 알아차렸지요.

　“흐윽, 장군님이 돌아가셨구나!”

　장군의 아내는 땅바닥에 주저앉아 울었어요. 한참을 울다가 정신을 차리고 쓰러져 있는 말에게 물을 먹이려 했어요. 하지만 말은 물을 한 방울도 먹지 않고 그대로 죽음을 맞이했지요.

　얼마 후, 장군의 가족들은 말의 충성심을 기리기 위해 장군의 무덤가에 말의 무덤을 만들어 주었어요. 그 말의 무덤을 ‘애마총’이라고 부르는데 지금도 장군의 무덤 아래쪽에 남아 있어요.

　원균과 같은 장군에게는 말이 무척 중요해요. 넓은 전쟁터를 뛰어다니며 군사들을 지휘하려면 빠르게 달리는 말이 무엇보다도 필요하거든요. 그래서 장군을 아끼던 임금님이 자기가 타던 좋은 말을 장군에게 준 거예요.

그렇다고 장군만 말을 타고 다닌 것은 아니었답니다. 양반도 먼 길을 갈 때면 말을 타고 다녔거든요. 부유한 양반은 집 한쪽에 말이 먹고 잘 수 있는 마구간을 두었어요. 마구간에서 말을 키우며 필요할 때마다 타고 다녔지요. 양반이 말을 타고 나갈 때면 말 고삐를 잡아끄는 말구종이라는 하인이 함께 따라다녔어요.

"이랴, 이랴!"

말구종이 앞서 걸어가며 말고삐를 당겼으니 양반은 얼마나 편했을까요?

일반 백성은 돈이 아무리 많아도 말을 탈 수 없었어요. 양반만 말을 탈 수 있었거든요. 아무리 양반이라도 가난한 양반은 말을 쉽게 탈 수 없었답니다. 말이 무척 비싼데다가 소가 먹는 양의 두 배나 먹이를 먹었기 때문이에요. 이런 이유로 말은 돈이 많은 양반만 타고 다닐 수 있었어요.

어깨 높이가 140센티미터 정도인 말을 조랑말이라고 부르는데 우리나라 말은 대부분 조랑말이었어요. 드물게 있던 키가 크고 빠른 말은 군대에서 사용했지요. 그래서 높은 벼슬에 있는 관리라도 대부분 조랑말을 탔지요.

조랑말은 몸집은 작지만 끈기가 있어서 짐을 싣거나 타고 다니기에 아주 좋았어요. 특히 우리나라에는 산이 많아서 키가 큰 말보다 조랑말이 타고 다니기에 더 편했답니다.

제주도에서 키우는 조랑말을 '제주마'라고 부르는데 현재는 천 마리밖에 남아있지 않아요.

제주마는 혈통과 종족 보존을 위해 천연기념물 제347호로 지정
되어 보호하고 있답니다.

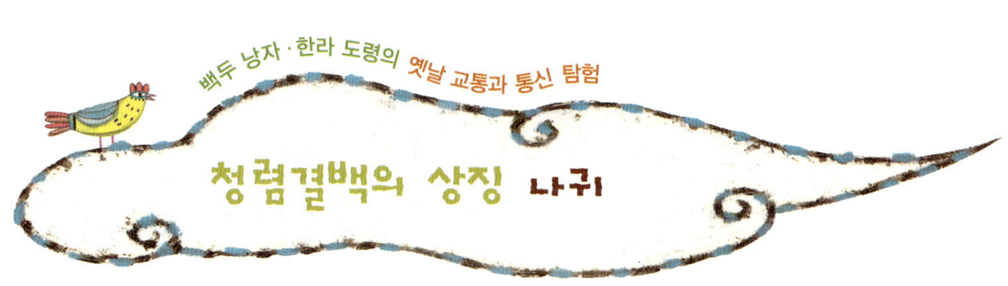

우리나라 선비들은 조랑말 대신 나귀를 타기도 했어요. 나귀는 말에 비해 볼품도 없고 몸집도 작아요. 하지만 비싸지 않아서 많이 이용했어요. 체질이 강해 거친 음식, 물이 부족한 지역이나 환경에도 적응을 잘하거든요. 말보다 느리긴 하지만 지구력이 강하고 질병에 잘 걸리지도 않지요. 나귀는 말보다 훨씬 적게 먹고도 먼 길을 갈 수 있으니까 말보다 경제적이었지요. 이런 이유로 나귀는 사치를 모르는 청렴결백한 선비의 상징이 되었답니다.

조선 시대 성종 때는 선비들에게 사치스러운 말 대신 나귀를 타고 다니게 했어요.

점잖은 선비에게 발 빠른 말은 그다지 필요하지 않았거든요. 나귀는 빠르지는 않지만 끈기가 있어서 산으로 들로 다니기에 좋았어요. 하지만 고집을 부리기 시작하면 무척 다루기 어려웠어요. 힘이 좋아서 한자리에 서서 버티면 한바탕 씨름을 해야 할 정도였어요.

나귀는 여러 풍속화에 자주 등장해요. 나귀를 타고 풍류를 즐기는 양반의 모습, 등에 짐을 잔뜩 진 나귀나 주인에게 고집을 피우는 나귀가 그려진 풍속화가 많이 남아있지요. 이처럼 나귀는 우리 조상들과 친숙한 동물이면서 훌륭한 교통수단이었답니다.

을파소와 고국천왕 수레

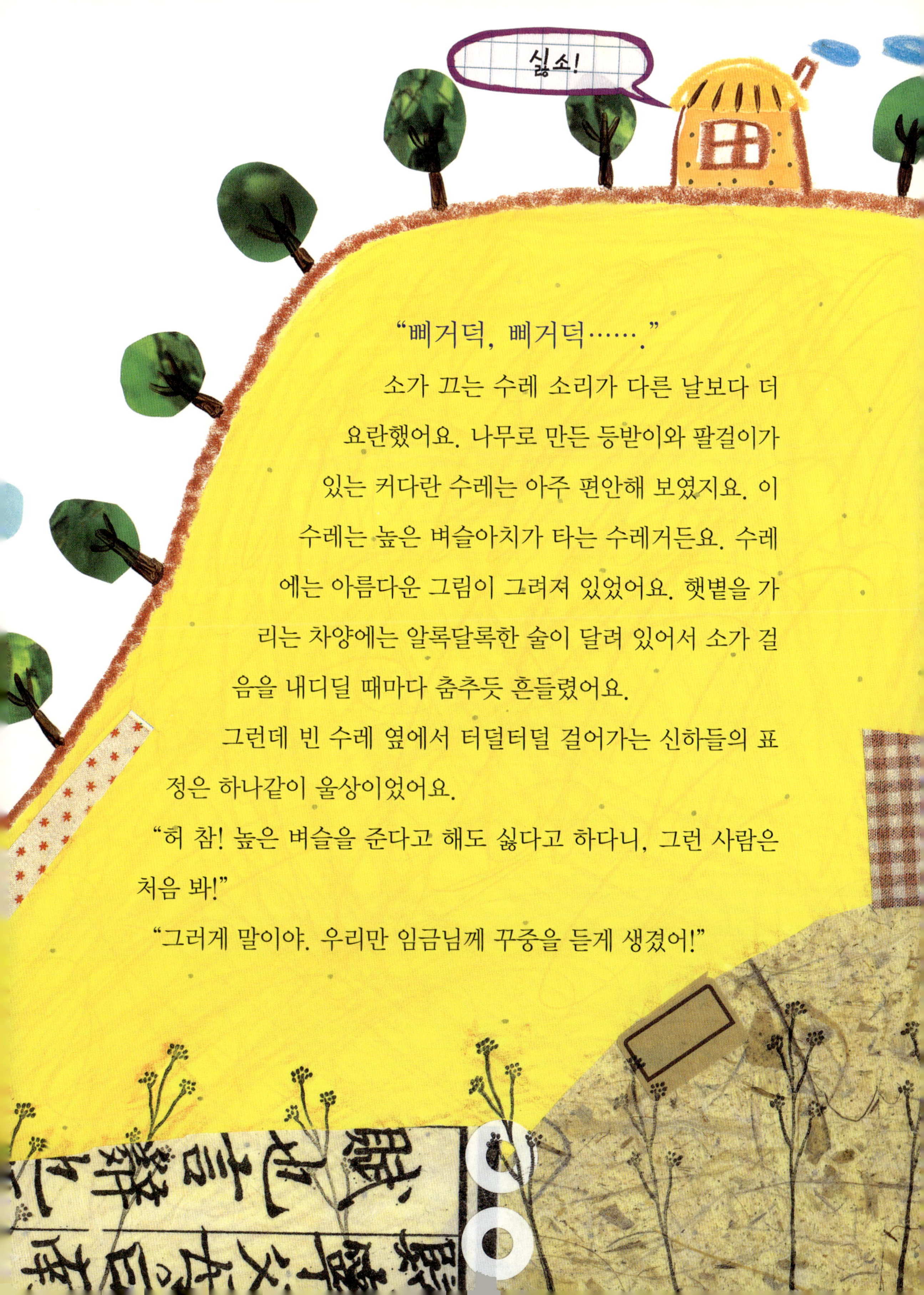

"삐거덕, 삐거덕……."

소가 끄는 수레 소리가 다른 날보다 더 요란했어요. 나무로 만든 등받이와 팔걸이가 있는 커다란 수레는 아주 편안해 보였지요. 이 수레는 높은 벼슬아치가 타는 수레거든요. 수레에는 아름다운 그림이 그려져 있었어요. 햇볕을 가리는 차양에는 알록달록한 술이 달려 있어서 소가 걸음을 내디딜 때마다 춤추듯 흔들렸어요.

그런데 빈 수레 옆에서 터덜터덜 걸어가는 신하들의 표정은 하나같이 울상이었어요.

"허 참! 높은 벼슬을 준다고 해도 싫다고 하다니, 그런 사람은 처음 봐!"

"그러게 말이야. 우리만 임금님께 꾸중을 듣게 생겼어!"

신하들은 걱정이 이만저만 아니었어요. 고구려의 고국천왕이 신하들에게 을파소를 데려오라고 했거든요. 고국천왕은 현명하고 지혜롭기로 소문난 을파소가 관직을 맡아 주기를 바랐어요. 명령을 받은 신하들은 소가 끄는 멋진 수레까지 준비해서 을파소를 찾아간 거예요. 그런데 을파소가 벼슬을 받지 않는다고 해서 할 수 없이 빈 수레로 돌아가는 중이었어요.

"전하, 을파소는 관직을 맡을 수가 없다고 하옵니다!"

신하는 마음을 졸이며 임금님에게 말했어요.

"아니, 이유가 무엇인가?"

임금님은 인상을 찌푸리며 물었어요.

"자기 자리가 아니라고 했습니다. 그리고 이 나라에는 관리를 뽑는 일보다 국상을 뽑는 일이 더 급하다고 말했습니다."

말을 마친 신하는 임금님의 불호령이 떨어질 것 같아 잔뜩 겁을 먹었어요. 하지만 임금님은 오히려 크게 기뻐했어요.

"하하하, 과연 소문대로 대단하구나!"

신하들은 을파소와 임금님의 생각을 이해할 수 없었어요. 하지
만 임금님은 을파소의 깊은 뜻을 알 수 있었지요.

다음 날, 임금님은 많은 신하들을 거느리고 을파소가 사는 곳으
로 향했어요.

임금님의 행렬은 대단히 길었지요. 맨 앞에는 악대가 아름다운 음악을 연주하며 걸어가고 군사와 신하들이 그 뒤를 줄지어 걸어 갔어요. 행렬의 가운데에는 임금님이 탄 수레가 있었고요.

임금님의 수레는 햇볕을 가리는 차양에 금색 술이 화려하게 달려 있었어요. 커다란 바퀴 위에 있는 팔걸이에도 용이 섬세하게 새겨져 있었고요.

수레는 튼튼한 말 여러 마리가 끌고 있어서 무척 편안해 보였어
요. 행렬의 맨 뒤에는 을파소가 탈 빈 수레가 있었지요. 아직 주
인을 찾지 못한 수레에서는 여전히 요란한 소리가 났어요.
"을파소 나리는 어디 계십니까?"
임금님의 신하가 논두렁에서 잡초를 뽑는 농부에게 물었어요.
"저기 저쪽에서 잡초를 뽑고 계신 분입니다."

농부가 손가락으로 가리켰어요.

임금님의 행렬이 움직이기 시작하자 마을 사람들은 속닥거렸어요.

"아니, 임금님이 우리 마을에 어쩐 일이시지?"

"을파소 나리를 모시러 온 거겠지!"

"을파소 나리가 나랏일을 하시면 우리도 이제 밥 굶는 일은 없을 텐데……."

"어디 우리뿐인가? 온 백성이 배불리 먹을 수 있을 거야! 워낙 훌륭한 분이시니까."

농부들은 쉬지 않고 을파소를 칭찬했고, 그 소리를 들은 임금님은 고개를 끄덕였어요.

드디어 임금님은 잡초를 뽑고 있던 을파소를 만났어요.

"이렇게 누추한 곳까지 찾아주시다니 몸 둘 바를 모르겠습니다."

을파소는 임금님에게 고개 숙여 절을 하며 말했어요.

"농사는 다른 이에게 맡기고 궁궐로 갑시다!"

"저는 관리를 맡을 만한 능력이 아니 되옵니다."

"그렇지요! 관리의 능력은 아니 되나 국상을 훌륭히 해낼 분으로 보이외다! 우리나라의 국상이 될 분이니 내가 직접 여기까지 모시러 오지 않았소!”

임금님은 을파소가 소문대로 지혜롭고 덕망이 높은 인물이라는 것을 한눈에 알아볼 수 있었어요. 그래서 신하 중에서 제일 높은 국상의 자리를 내주었어요. 사실 일반 관리의 자리에 앉아 흔들리는 나라를 다잡기란 어려운 일이었거든요. 을파소도 이번에는 임금님의 뜻을 받아들였어요. 이제야 그동안 갈고닦은 능력을 발휘할 때가 온 것이었어요.

임금님의 행렬은 다시 궁궐을 향했어요. 이번에는 소가 끄는 수레도 주인을 만나 제 몫을 다할 수 있었어요. 산처럼 큰마음과 바다 같은 지혜를 가진 을파소가 타고 있었으니까요.

“훌륭한 국상이 이 나라와 함께 하니 이제 백성들은 웃을 일만 있겠구나!”

임금님은 세상에서 가장 소중한 보물을 얻은 것처럼 마음이 뿌듯했지요.

그 뒤로 을파소는 임금님의 뜻을 받들어 좋은 정치를 했어요. 나라는 더욱 부유해지고 안정되어 갔어요. 을파소가 국상으로 있는 동안 백성들은 나라를 믿고 열심히 일하여 전보다 행복하게 살 수 있었지요. 을파소는 오랜 세월 동안 백성을 위하는 현명한 정치로 사랑과 존경을 받았답니다.

임금님과 을파소처럼 옛날 사람들은 외출할 때 수레를 많이 탔어요. 특히 고구려에는 수레가 많았지요. 고구려 사람들은 말을 타고 사냥하는 것을 즐겼기 때문에 대부분의 수레는 소가 끌었답니다.

탈것이 마땅치 않던 옛날에는 임금님도 수레를 탔어요. 임금님의 수레는 화려하게 치장을 했는데 수레를 타고 나들이할 때는 행렬의 맨 앞에서 악대가 흥겨운 연주를 했지요. 임금님이 탄 수레의 주위에는 수많은 군사와 신하들이 임금님을 보호했어요.

귀족이 나들이하는 모습도 비슷했어요. 화려한 수레를 타고 많은 하인을 거느리고 다녔지요. 신기한 것은 행렬의 한편에 튼튼하고 커다란 말을 데리고 다녔다는 거예요. 수레는 편했지만 빠르지는 않았거든요. 그래서 급한 일이 생기면 말로 바꿔 타기 위해서 미리 준비해 가는 거였지요.

일반 백성들에게도 수레는 매우 중요한 도구였어요. 수레를 이용하면 무거운 쌀가마도 한꺼번에 옮길 수 있었어요.

수레의 편리함을 알고 널리 사용한 고구려 사람들은 수레를 사

용할 수 있도록 평평한 길을 많이 만들었어요. 무거운 금이나 철 같은 것도 수레에 실어 외국에 수출해 많은 이익을 남길 수 있었지요. 이처럼 수레는 고구려 사람들에게 교통수단일 뿐만 아니라 물건을 실어 나르는 운송 수단이기도 했지요.

옛날 사람들이 그려 놓은 벽화를 보면 다양한 모양의 수레를 볼 수 있지요. 바퀴가 큰 것, 차양을 화려하게 치장한 것, 말이 끄는 것, 소가 끄는 것 등 다양하지요. 그런데 왜 시간이 지나면서 수레보다 가마를 더 이용하게 되었을까요? 사람이 드는 것보다 소나 말이 끄는 것이 더 편리했을 텐데요. 그건 여러 차례의 전쟁을

겪으면서 말과 소를 적에게 많이 빼앗겼기 때문이에요. 또 산이
많은 우리나라에서 수레를 타고 다닐 수 있도록 길을 내는 것이
쉽지 않기도 했고요.
　수레가 더 발달해서 전국을 이어 주는 평평한 길을 많이 닦았다
면 우리나라가 좀 더 빨리 발전할 수 있었을 거예요.

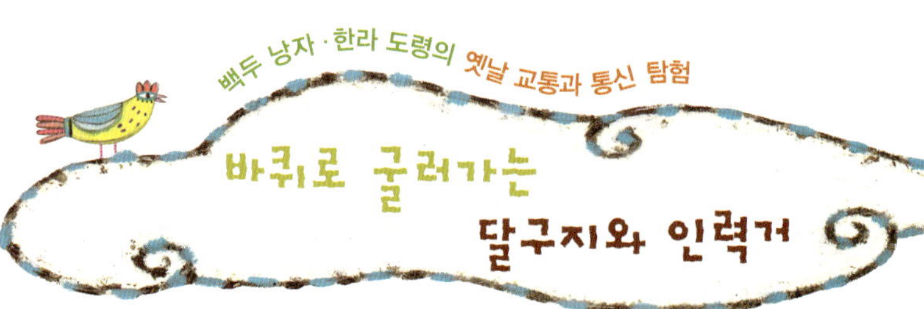

바퀴로 굴러가는
달구지와 인력거

달구지와 인력거는 모두 수레의 종류이지요. 달구지는 사람도 타고 무거운 짐도 실을 수 있는 동물이 끄는 수레예요. 인력거는 동물이 아닌 사람이 끌어요. 신기한 달구지와 인력거에 대해 알아보아요.

달구지를 타 본 적이 있나요? 달구지는 소나 말이 끄는 짐수레를 말해요. 우리나라에는 소가 끄는 소달구지가 많았고, 지방마다 생김새가 달랐어요.

남쪽 지방에서는 소의 목에 멍에를 걸어 그 멍에와 수레를 밧줄로 연결하고, 북쪽 지방에서는 멍에와 수레를 장대로 연결했어요.

달구지의 바퀴는 예전에는 나무를 깍아 만들어 쇠로 테두리를 두른 것을 이용했는데, 요즘에는 고무 바퀴로 바뀌었답니다.

　　사람이 끄는 수레를 인력거라고 했어요. 인력거는 1894년 일본 사람이 우리나라에 들여왔어요. 최초의 인력거꾼은 일본 사람이었는데 시간이 흐르면서 우리나라 사람으로 바뀌었어요. 인력거에는 한 사람이 타는 1인승 인력거와 두 사람이 타는 2인승 인력거가 있었어요. 커다란 바퀴 위에 사람이 앉을 자리를 만들고, 천으로 그 위를 덮어 뜨거운 햇볕과 비나 눈을 피할 수 있게 만들었어요. 인력거를 탄 사람은 편했지만 인력거를 끄는 사람은 무척 힘들었어요.

　　요즘은 우리나라에서 인력거를 보는 게 쉽지 않아요. 자동차나 기차같은 운송 수단이 더 편리하거든요. 그래도 축제나 관광지에 가면 가끔 볼 수 있답니다.

형제의 우애 배

고려 사람인 이 장경은 아들을 다섯이나 두었어요. 다섯 형제는 우애가 깊었어요. 큰아들의 이름은 이백년, 둘째는 이천년, 셋째는 이만년, 넷째는 이억년이었어요. 그리고 막내아들의 이름은 이조년이었지요.

"강 건너 큰아버지 댁에 이 책을 전해 드려라!"

이 대감은 책을 읽던 아들들에게 말했어요.

"제가 다녀올게요!"

막내아들인 이조년이 벌떡 일어나 대답했어요.

"어제도 네가 심부름을 했잖아! 오늘은 내가 할게!"

넷째 아들인 이억년이 책을 덮으며 일어났어요.

"그럼 함께 가요. 사실은 오랜만에 나룻배를 타면서 강바람이 쐬고 싶었거든요."

그렇게 해서 억년이와 조년이는 길을 떠나게 됐어요. 큰아버지 댁은 한강 건너에 있었지요. 형제는 배가 묶여 있는 나루터로 걸어갔어요. 강을 따라 걸으며 이런저런 이야기를 했지요.

그런데 그 순간, 자갈밭 사이에서 반짝하고 빛을 내는 것이 눈에 띄었어요. 형제는 가까이 가 보았어요. 그런데 이게 웬일이에요? 반짝이는 것은 주먹만 한 금덩이 두 개였어요.

"형님, 이렇게 커다란 금덩이는 처음 봐요!"
"두 개나 있으니 하나씩 나눠 가지면 되겠구나!"
억년이와 조년이는 금덩이를 하나씩 나누어 가졌어요.
형제는 금덩이를 주머니에 잘 넣고 나루터를 향해 다시 걸었어

요. 얼마 뒤 형제는 양천나루에 도착했어요. 나루터에는 건넛마을 장터에 가려는 사람들과 강을 건너려는 사람으로 가득했어요.

"우리에게 귀한 금덩이가 있으니 가장 크고 안전한 배를 타야겠다."

"형님, 금덩이를 가지고 다니려니까 마음이 불안해요. 사람들이 꼭 내 금덩이를 빼앗아 갈 것만 같아요."

막내 조년이는 얼굴에 걱정이 가득해 말했어요.

"걱정 마라. 내가 있잖아!"

형제는 커다랗고 튼튼해 보이는 배를 골라 탔어요. 형은 뱃사공에게 두 사람 몫의 돈을 냈어요. 사람들이 모이자 뱃사공은 땅에 묶인 밧줄을 풀고는 노를 저어 배를 움직였지요. 나무로 만든 나룻배는 물 위에 둥실둥실 잘도 떠 있었어요.

"삐거덕 삐거덕."

뱃사공은 노를 열심히 저었어요. 형제가 탄 나룻배는 나루터에서 점점 멀어져 갔어요. 뱃사공의 노가 물을 밀어낼 때마다 강에는 아름다운 물결이 생겼어요. 넷째 억년이는 강바람을 맞으며 흘러가는 강물을 바라보았어요. 흔들흔들 흔들리며 나룻배는 강의 가운데에 다다랐어요. 그 순간 소리가 났어요.

"첨벙!"

갑자기 막내 조년이가 금덩이를 강물 속으로 던져 버렸어요. 금덩이는 금세 깊은 강물 속으로 가라앉아 버렸지요.

"아니, 귀한 금덩이를 왜 던져 버린 거야?"

형은 화들짝 놀라 소리쳤어요. 그러자 동생이 차근차근 말을 시작했어요.

"저는 금덩이보다 형님이 더 소중해요. 금덩이를 주운 뒤로 사람들이 내 것을 빼앗을까 봐 걱정됐어요."

동생은 침을 꼴깍 삼키고는 말을 이어갔어요.

"하지만 그보다 더 참을 수 없었던 것은 형님이 없었다면 금덩이를 모두 내가 가질 수 있다는 생각이 드는 거예요. 자꾸만 형님의 금덩이까지 탐이 나지 뭐예요. 전에는 형님에게 무얼 드려도 아깝지 않았는데 금덩이가 자꾸 욕심을 키웠어요."

형은 동생의 마음을 충분히 헤아릴 수 있었어요.

"그랬구나! 사실 나도 너와 비슷한 생각이 들었단다."

"그런데 노를 젓는 저 뱃사공을 보세요. 힘들게 노를 저으면서도 가끔씩 불어오는 강바람에 행복해하고 있어요. 뱃사공을 보며 금덩이가 중요한 것이 아니라는 것을 깨달았어요."

동생의 말에 형은 고개를 끄덕거렸어요. 그리고 망설임 없이 주머니에서 금덩이를 꺼내 강물 속으로 던졌어요. 형제는 서로에 대한 깊은 우애가 있어서 금덩이 같은 것은 필요 없었거든요. 형제는 무사히 강 건너편에 도착했고 아버지의 심부름을 했어요. 그리고는 다시 나룻배를 타고 한강을 건너 집으로 돌아왔지요. 형제의 이야기는 금세 소문이 났어요.

사람들은 그 뒤로 형제가 금덩이를 버린 곳을 '투금탄'이라고 불

렀어요. 이 이야기의 실제 주인공인 이조년은 고려의 충신이에요. 다섯 형제가 모두 과거에 급제할 정도로 뛰어난 집안이었답니다.

만약 배가 없었다면 형제는 강을 건널 수 없었을 거예요. 지금은 한강에 커다란 다리를 놓아 배를 타지 않고도 자동차나 지하철로 건널 수 있어요. 하지만 예전에는 배 없이 한강을 건널 방법은 없었지요.

옛날 사람들은 배를 이용해 많은 일을 했어요. 쉽게 건널 수 없는 넓은 강을 건너거나 나무와 같이 무거운 물건을 배에 실어 운반했지요. 그래서 강가에는 물건을 사고파는 장사꾼이 모여들었답니다.

배를 이용하게 되면서 바닷길이 열려 이웃 나라에 가는 것도 편리해졌어요. 그래서 일본이나 중국과 같은 나라에 물건을 내다 팔기도 하고 필요한 물건을 들여올 수도 있었어요. 구석구석 흐르는 강과 삼면으로 둘러싸인 바다를 가진 우리나라에서 배는 아주 중요한 교통수단이었답니다.

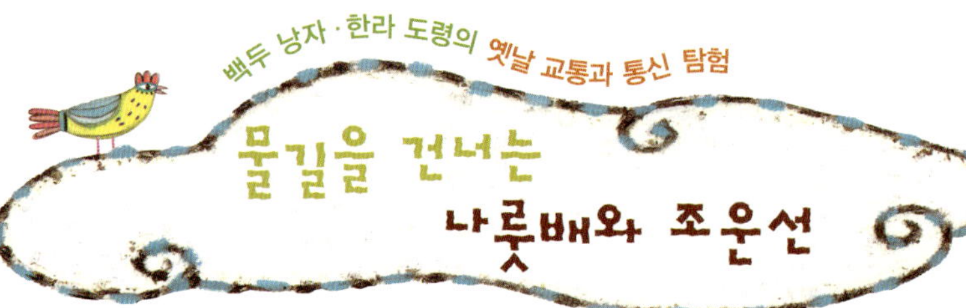

교통수단이 발달하지 않은 옛날에 강을 건너는 것은 지금과 많이 달랐을 거예요. 우리 조상들은 강을 건너거나 물건을 운반할 때 무엇을 이용했는지 자세히 알아보아요.

예전에는 깊은 강물을 건널 때는 헤엄치거나 몇 날 며칠을 빙빙 돌아 물길이 얕은 곳을 찾아야 했지요. 깊고 넓게 흐르는 한강은 배가 없으면 건널 생각도 하지 못했고요. 그래서 한강 곳곳에는 나루터가 생겼지요.

배가 떠나고 들어오는 나루터에서 사람과 물건을 실어 나르던 배를 나룻배라고 하지요. 나룻배는 대부분 나무로 만들어졌어요. 나룻배의 노, 돛, 삿대 등은 사람이나 바람의 힘으로 움직여요. 나룻배의 노를 저어 한 사람씩 실어 나르려면 뱃사공은 힘들어서 금

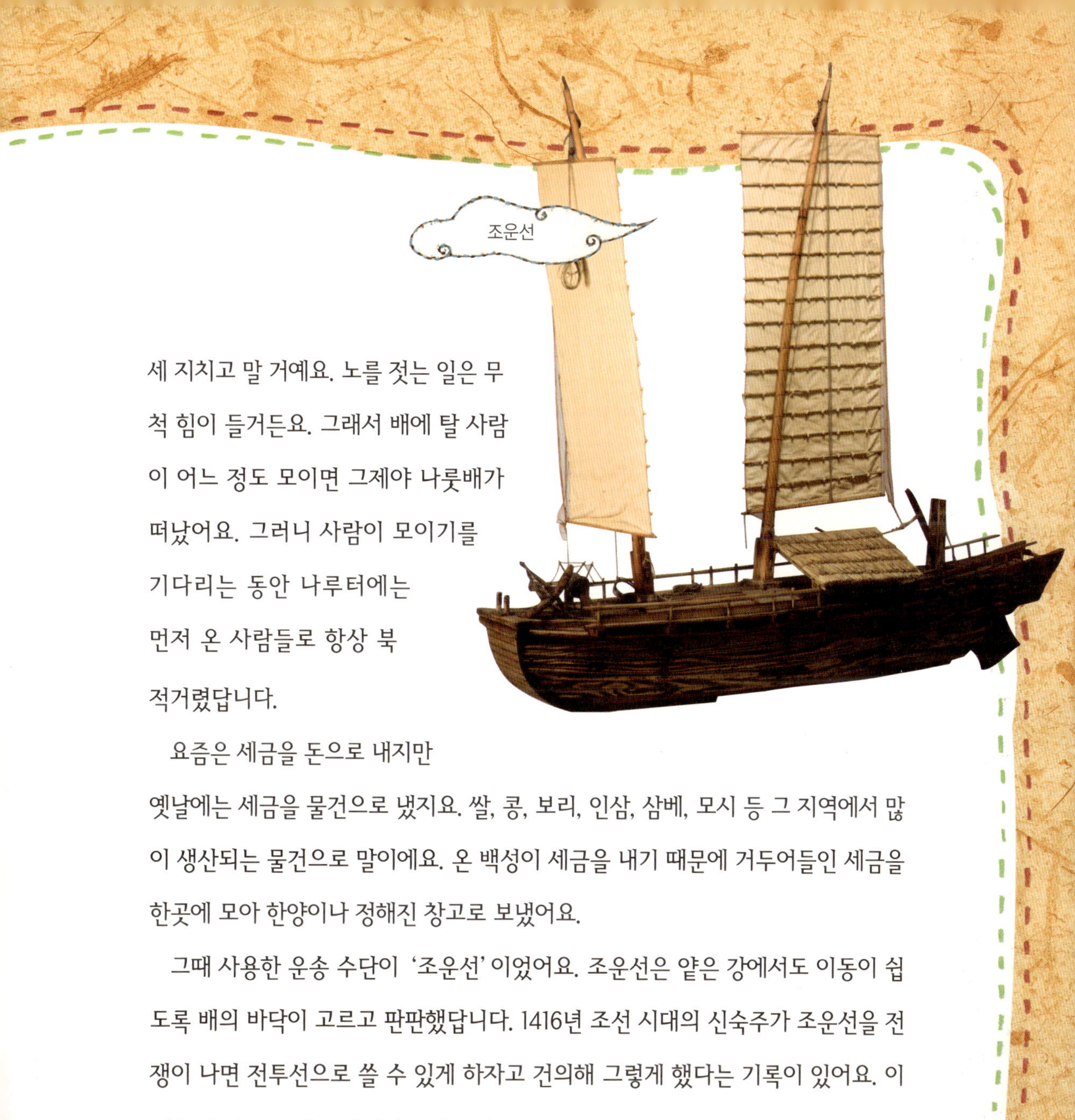

세 지치고 말 거예요. 노를 젓는 일은 무척 힘이 들거든요. 그래서 배에 탈 사람이 어느 정도 모이면 그제야 나룻배가 떠났어요. 그러니 사람이 모이기를 기다리는 동안 나루터에는 먼저 온 사람들로 항상 북적거렸답니다.

요즘은 세금을 돈으로 내지만 옛날에는 세금을 물건으로 냈지요. 쌀, 콩, 보리, 인삼, 삼베, 모시 등 그 지역에서 많이 생산되는 물건으로 말이에요. 온 백성이 세금을 내기 때문에 거두어들인 세금을 한곳에 모아 한양이나 정해진 창고로 보냈어요.

그때 사용한 운송 수단이 '조운선'이었어요. 조운선은 얕은 강에서도 이동이 쉽도록 배의 바닥이 고르고 판판했답니다. 1416년 조선 시대의 신숙주가 조운선을 전쟁이 나면 전투선으로 쓸 수 있게 하자고 건의해 그렇게 했다는 기록이 있어요. 이것을 볼 때 조운선은 전쟁에도 사용되었다는 것을 알 수 있답니다.

장씨 부인의 친정 나들이 가마

"하하하하!"

'옥고'라 불리는 가마를 산 장씨 부인의 웃음소리가 집안에 끊이지 않았어요.

"마님, 옥교를 타다가 사헌부 관리한테 들키면 어째요?"

장씨 부인의 몸종인 꽃님이가 걱정스러운 얼굴로 물었어요.

"별걱정을 다 한다! 다른 사람들도 몰래몰래 잘만 타던데, 나라고 왜 못 타?"

장씨 부인도 말은 그렇게 했지만 걱정이 되긴 했어요. 장씨 부인은 땅을 많이 가진 부자였지만 옥교를 탈 수 있는 높은 벼슬아치의 부인은 아니었거든요.

"꽃님아! 어디 있느냐?"

장씨 부인은 옥교를 타고 친정에 갈 생각을 하니까 기분이 좋아서 입꼬리가 저절로 올라갔지요. 장씨 부인은 외출 준비를 하고 꽃님이를 다시 불렀어요. 꽃님이는 일을 하다 말고 종종걸음으로 달려왔어요.

"친정에 가져갈 것을 다 꾸렸으면, 가마꾼을 불러라!"

꽃님이는 가마꾼 여덟 명을 불러왔어요. 옥교는 여덟 명이 드는 가마였거든요. 꽃님이는 장씨 부인의 허영심이 못마땅했어요.

'친정이 코앞인데 유난스럽기는…….'

장씨 부인이 옥교에 들어가 앉자마자 가마꾼들이 옥교를 번쩍 들어 올렸지요.

"마님, 출발합니다."

맨 앞에 있던 가마꾼이 큰 소리로 외쳤어요.

"친정어머니가 자랑스러워하실 거야. 호호호."

장씨 부인은 옥교 안에서 혼자 신이 나서 웃었어요. 꽃님이는 떡과 고기가 든 보자기를 들고 옥교 옆에서 나란히 걸었어요. 옥교는 언덕을 지나, 좁고 꼬불꼬불한 산길로 접어들었지요.

"길을 비키시오!"

그때, 반대편에서 오던 가마꾼이 소리쳤어요. 슬슬 잠이 와서 하품을 하던 장씨 부인은 그 소리에 깜짝 놀랐어요.

"마님, 건너편에서 오는 가마꾼이 길을 비키라고 하는데요?"

"뭐야? 못 비킨다고 해라! 옥교를 탄 내게 감히 이래라저래라 하다니!"

꽃님이는 왠지 불안해 장씨 부인에게 길을 비키자고 했어요.

“어림도 없는 소리! 만약 길을 비켜 주었다가는 꽃님이 너를 가만두지 않을 테다!”

꽃님이는 하는 수 없이 반대편에 있는 가마로 달려갔어요.

“죄송하지만 먼저 길을 비켜 주세요.”

꽃님이의 말을 듣고 가마에 타고 있던 부인이 문을 열어젖혔어요.

“저 가마에 탄 사람이 도대체 누구냐? 누군데 감히 판서의 아내에게 길을 비키라고 하는 게냐?”

“네? 판서 나리요? 아이고, 죽을죄를 지었습니다!”

꽃님이는 그대로 땅바닥에 엎드려 고개를 숙였어요. 정 2품에 해당하는 판서는 지금의 장관과 같은 높은 관직에 있는 사람이었지요. 길을 비켜 주지 않은 것도 큰 잘못인데 자격도 안 되면서 옥교를 탔다는 것이 밝혀지면 죗값을 톡톡히 치러야 할 판이었어요.

“도대체 저 옥교에 타신 분이 누구냐니까?”

판서 부인이 다그치자 꽃님이는 기어 들어가는 목소리로 말했어요.

“좌랑 나리 댁 마님이옵니다.”

정 6품인 좌랑은 지금의 면장쯤 되는 자리를 말해요.

"뭐야? 옥교는 정 3품이 넘는 관리의 가족만 탈 수 있거늘……"

조선 시대의 정 3품은 지방을 관리하는 지방관이나 관리관을 말해요. 그런데 좌랑 부인인 정씨가 옥교를 탔으니 큰일이었지요.

한편, 옥교에 있던 장씨 부인은 궁금해서 미칠 지경이었어요.

"에라, 모르겠다!"

장씨 부인은 옥교에서 내려 투덜거리며 꽃님이를 찾았어요.

"뭘 그리 꾸물대는 게야? 내 신발에 흙을 묻혀야 네 속이 시원하냐?"

장씨 부인이 다가가서 보니 꽃님이가 바닥에 엎드려 있는 게 아니겠어요?

"아니, 꽃님아! 도대체 무슨 일이냐?"

꽃님이는 어떻게 된 일인지 말하기도 전에 울음을 터트렸어요. 꽃님이가 우는 것을 보고 화가 난 장씨 부인은 판서 부인에게 소리쳤어요.

"가마를 보아하니 허름하기 그지없는데, 부인은 누구기에 감히 내 아랫사람을 혼내고 있는 거요?"

"감히 어느 안전이라고, 여봐라! 관가에 연락을 해서 이들의 죄를 엄히 다스리도록 하여라!"

판서 부인은 가마꾼에게 말하고 문을 '쾅' 닫고 가버렸어요.
"아니, 저 부인은 누군데 저리도 콧대가 높단 말이냐?"
장씨 부인은 멀어져 가는 가마를 보며 황당해 했어요.
"마님, 큰일났습니다. 저 분은 판서 나리의 부인이십니다!"
장씨 부인은 머리에 벼락을 맞은 것처럼 아찔했어요.
"에구구구, 난 이제 죽었다! 진작 말하지 그랬느냐?"

정 6품인 좌랑의 처가 법을 어기고 옥교를 탄 것도 모자라서 길
도 비키지 않았으니 정말 큰일이었지요.
　잠시 뒤 관가에서 사람들이 나와 장씨 부인과 꽃님이를 데리고
갔어요. 두 사람은 기절할 때까지 곤장을 맞아야 했지요.

예전의 가마는 중요한 교통수단 가운데 하나였는데 아무나 타고 다닐 수 없었어요. 벼슬을 하는 양반과 그 식구들만 가마를 탈 수 있었지요. 일반 백성도 결혼하는 특별한 날만큼은 가마를 탈 수 있었답니다.

가마는 신분에 따라 탈 수 있는 것이 정해져 있었어요.

임금님이 타던 가마에는 '가교'와 '연'이 있어요. 가교는 밑에 수레를 달아 말이 끌었어요. 연은 왕비와 왕세자도 탈 수 있었고 공주와 옹주는 '덩'이라는 가마를 탔지요.

‘평교자’라는 의자처럼 생긴 가마도 있었는데 정 1품 이상의 영
의정, 좌의정, 우의정만 탔지요. ‘사인교’는 판서 이상의 관리들이
타던 가마인데 사람 네 명이 메었다 하여 붙은 이름이지요.

‘남여’라는 가마는 정 3품 이상의 관리들이 타던 것으로 평교자
처럼 의자로 되어 있어요. 사방이 트인 남여는 임금님도 가까운
거리를 갈 때 가끔씩 탔다고 해요. 그리고 정 3품 이상 관리의 부
녀자들이 타던 ‘옥교’, 정자 모양 지붕으로 덮인 ‘보교’ 등 종류가
여러 가지였어요. 우리 조상들은 지금의 자동차처럼 여러 종류의
가마를 이용했답니다.

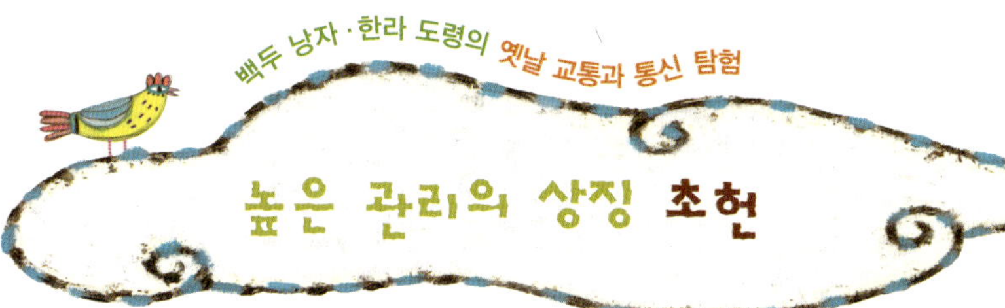

높은 관리의 상징 초헌

가마는 타는 사람의 신분과 용도에 따라 종류가 다양해요. 벽과 뚜껑이 있는지, 화려한 휘장이 있는지, 구슬발이 있는지에 따라 가마의 등급이 달라져요. 조선 시대의 주요 교통수단인 가마에 대해 알아 볼까요?

가마는 겉모습의 화려함보다 몇 사람이 메는지가 더 중요해요. 가마꾼이 많을수록 행렬이 화려해지고 움직임이 안정적이어서 오랫동안 타도 피곤하지 않았거든요. 공주가 타던 덩은 8명, 세자가 타던 연은 14명, 왕이 타던 연은 20명이 메었다니 정말 대단하지요?

가난한 양반은 가마를 살 돈이 없어서 가마 대여소에서 빌려서 탔어요. 가마 대여소는 사람들이 많이 다니는 길목에 있었지요. 가마를 빌릴 돈이 없는 양반들은 이웃

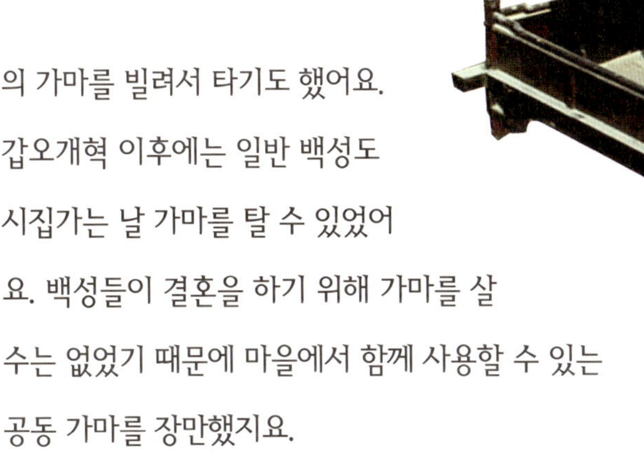

의 가마를 빌려서 타기도 했어요.

갑오개혁 이후에는 일반 백성도

시집가는 날 가마를 탈 수 있었어

요. 백성들이 결혼을 하기 위해 가마를 살

수는 없었기 때문에 마을에서 함께 사용할 수 있는

공동 가마를 장만했지요.

　우리나라에서만 볼 수 있는 특이한 모양의 가마가 있는데 세종대왕 때 만들어

진 '초헌'이라는 가마예요. 초헌은 밑에 바퀴가 달려 있어서 높이가 꽤나 높았답니

다. 그래서 초헌을 메는 가마꾼들은 키가 커야 했지요.

　높은 곳에 앉아 아래를 내려다볼 수 있는 초헌은 높은 관리의 상징이었어요. 또한

아무리 높은 관직에 있다 해도 나이가 어

린 사람이 초헌을 타는 것은 예의가 아닌

것으로 생각해서 탈 수 없었답니다.

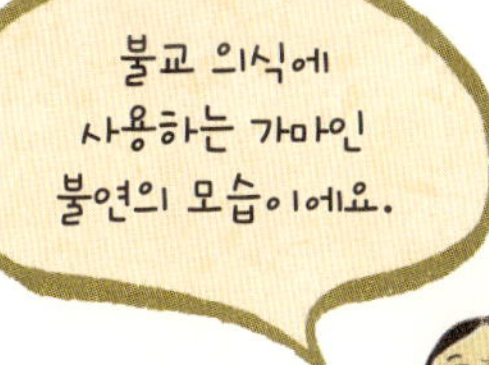

설피 마을의 겨울 썰매

 구불구불한 길, 커다란 나무, 강돌이네 동그란 지붕도 말이에요. 늦은 밤인데도 강돌이네 굴뚝에선 모락모락 연기가 피어올라요. 어머니가 감자를 삶느라 아궁이에 불을 지폈는데 아직 불씨가 꺼지지 않은 모양이에요.

"그때 멧돼지 귀신이 고개를 휙 돌려서 나를 째려보는 거야!"

"엄마야!"

강돌이와 몽실이가 아버지의 이야기를 듣다가 엄마 품으로 파고들었어요.

"강돌이 아버지, 무서운 얘기 좀 그만 하세요. 아이들이 놀라잖아요."

어머니의 말에 아버지는 웃으며 자리에서 일어나 밖으로 나가셨어요. 강돌이네 아버지는 겨울밤이면 아이들에게 재미있는 이야기를 들려주곤 했어요. 그 덕분에 강돌이와 몽실이 남매는 산속 마을의 긴긴 겨울밤을 지루하지 않게 보냈답니다.

다음 날 아침, 어머니는 아버지의 썰매를 꺼내서 닦고 계셨어요. 그 모습을 본 강돌이가 말했어요.

"어? 오늘은 설피가 아니고, 썰매네? 아버지, 멧돼지 잡으러 가

시는 거예요?"

강돌이네 마을은 깊은 산속에 있어서 눈이 많이 내렸어요. 어떤 날은 눈이 사람 키보다 높게 쌓이기도 했지요. 그래서 집집마다 사람 수만큼 설피가 있었어요. 설피는 나무를 엮어서 신발 위에 덧신는 것을 말하는데 눈길을 걸을 때 발이 빠지지 않게 해 주지요. 설피를 만드는 나무가 많이 자란다고 해서 강돌이네 마을 이름은 설피 마을이었어요. 하지만 멧돼지나 토끼를 잡으려면 설피보다 썰매가 더 좋답니다. 지금의 스키처럼 생긴 우리나라 고유의 썰매를 타면 수북이 쌓인 눈 위에서도 빨리 움직일 수 있었거든요. 그래서 아버지는 사냥을 하러 갈 때 썰매를 신었어요.

강돌이는 사냥에 따라가고 싶었지만 아버지는 위험하다며 데려
가지 않았어요. 대신 강돌이의 머리를 쓰다듬고는 썰매를 신고 급
하게 나갔어요.

"나도 멧돼지 잡을 거예요. 아니면 토끼라도……."

강돌이는 아버지의 뒷모습을 보며 혼잣말을 했어요. 그러더니
후다닥 옷을 껴입고 썰매를 신었어요. 아버지처럼 창이 달린 긴
막대도 챙겼고요.

"강돌아, 어디 가려고?"

"친구들이랑 요 앞에서 놀기로 했어요!"

어머니의 말에 강돌이는 대충 둘러댔어요. 잠에서 깬 동생 몽실

이가 함께 가겠다고 졸랐어요.

"안돼! 넌 위험하단 말이야."

강돌이가 딱 잘라 말하자 어머니가 강돌이를 바라보며 말했어요.

"친구하고 노는데 뭐가 위험해?"

강돌이가 어쩔 수 없이 몽실이에게 썰매를 신겨 데리고 나왔어요. 그러더니 이내 투덜거렸지요.

"소리 내지 말고 조용히 따라와! 떠들면 토끼가 다 도망간단 말이야."

몽실이는 깜짝 놀라 눈을 동그랗게 뜨며 토끼를 잡을 거냐고 강돌이에게 물었어요.

"그래! 나도 토끼 정도는 잡을 수 있어. 여기 창도 있잖아."

강돌이는 긴 창을 들어 보이고는 썰매를 밀며 언덕을 내려갔어요. 몽실이도 오빠를 따라 썰매를 밀었지요.

"오빠, 저기 토끼!"

몽실이가 오빠 보다도 먼저 토끼를 찾아내 속삭였어요. 몽실이의 말에 강돌이는 썰매를 살금살금 움직여서 토끼가 있는 곳으로 갔어요. 썰매, 설피도 없는 토끼는 눈에 발이 푹푹 빠졌지요. 토끼는 사람 소리를 듣고 도망가려고 했지만 강돌이가 금세 쫓아왔어요. 강돌이는 몸을 날려 양팔로 토끼를 끌어안았어요.

"잡았다!"

"와, 정말 오빠가 토끼를 잡았네!"

강돌이와 몽실이는 토끼를 보고 팔짝팔짝 뛰며 좋아했어요.

"오빠, 근데 너무 멀리 온 거 아니야?"

강돌이는 집으로 돌아가려고 했지만 어느 쪽으로 가야 할지 도무지 알 수 없었지요. 여름이라면 금세 알았을 테지만 겨울이라서 온통 눈으로 덮여 있었거든요. 강돌이는 두리번거리며 썰매 자국을 찾았지만 눈 때문에 자국을 찾을 수 없었어요.

"으앙!"

몽실이는 울음을 터뜨렸어요. 그때였어요. 멀리서 멧돼지가 강돌이와 몽실이를 향해서 달려왔어요.

"멧돼지다!"

강돌이는 몽실이의 손을 잡고 도망치기 시작했어요. 얼떨결에 울음을 그친 몽실이도 오빠를 따라 썰매를 탔어요. 강돌이는 뒤에서 쫓아오던 멧돼지가 어젯밤 들었던 멧돼지 귀신으로 보였어요. 썰매를 타던 강돌이의 다리가 후들거렸어요.

"꽤엑!"

갑자기 멧돼지의 울부짖는 소리가 났어요. 뒤를 돌아보니 마을 아저씨들이 긴 창으로 멧돼지를 잡았던 거예요. 거기에는 멧돼지 사냥을 갔던 강돌이의 아버지도 있었어요.

"너희들이 이 깊은 산속까지 웬일이야? 길 잃으면 어쩌려고?"

아버지가 다가오자 강돌이와 몽실이는 울음을 터트렸어요.

"으앙!"

"왜 울어? 멧돼지 때문에 많이 놀랐었구나."

아버지가 강돌이의 눈물을 닦아 주며 말했어요.

"아니오. 제가 아까 토끼를 잡았어요! 아주 큰 토끼였어요. 내가 처음 잡은 토끼인데 멧돼지 때문에 놓쳤나 봐요."

강돌이는 토끼를 놓친 게 너무 아까웠어요. 그래도 몽실이가 토끼를 본 증인이라 정말 다행이에요. 아버지는 강돌이를 위로하며 다음 사냥 때는 꼭 데려가 주겠다고 약속했어요. 그날 저녁, 마을에서는 잔치가 벌어졌어요. 커다란 멧돼지 한 마리로 설피 마을

사람들이 모두 배불리 먹었지요.

눈이 많이 내리는 산속 마을에서는 겨울에 썰매를 타고 다녔어요. 눈이 몇 미터씩 쌓일 때 신발만 신고 나갔다가는 몇 발자국 가지 못해서 눈 속에 빠지고 말거든요.

썰매에는 여러 종류가 있어요. 옛날 사람들은 눈이 많이 내리는 곳에서는 스키처럼 생긴 길쭉한 나무 썰매를 타고 다녔어요. 산에서 약초를 뜯어 장에 내다 팔 때, 사냥하거나 이웃에 놀러 갈 때도 썰매를 타고 다녔어요. 가까운 곳이나 오르막길이 많은 곳에

갈 때는 설피를 신기도 했지요. 또 소가 끄는 썰매인 '소발구'에 물건을 실어 나르기도 했어요. 썰매는 대부분 나무로 만드는데 눈이 잘 들러붙지 않는 단단한 벚나무나 고로쇠나무를 이용했어요. 우리 친구들도 돌아오는 겨울에 스키 대신에 설피를 신어보는 것은 어떨까요? 몹시 흥미로운 경험이 될 거예요.

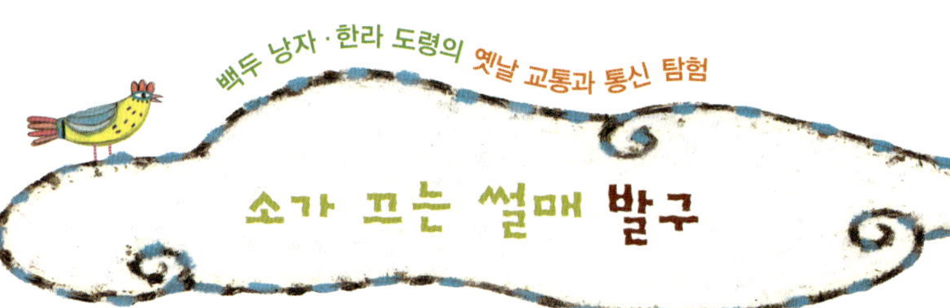

예전에 눈이 많이 내리는 지역에 사는 사람들은 설피나 썰매를 신고 이동을 했지요. 짐이 많거나 옮길 물건의 크기가 클 때는 이동하기 어려웠어요. 그때는 말이나 소가 끄는 발구에 물건을 실어 날랐답니다. 산간 지역에서 유용한 발구에 대해서 알아보아요.

말이나 소가 끄는 큰 썰매인 발구는 산간 지방이나 길이 험한 지역에서 사용했어요. 발구는 소가 끄는 수레인 달구지보다 더 원시적인 모습을 하고 있지요. 달구지에는 바퀴가 있지만 발구에는 바퀴가 없거든요.

강원도와 같이 눈이 많이 내리는 지역이나, 비탈지고 울퉁불퉁한 산간지역에서는 달구지보다 바퀴가 없는 발구가 더 편리했어요. 그래서 나무와 같이 무겁거나 큰 물건, 많은 사람을 한꺼번에 나르는 용도로 오래도록 사용되었답니다.

발구는 두 개의 굵은 나무에 가로로 나무를 엮어서 한쪽은 소의 멍에에 얹고 다른 쪽은 바닥에 끌리도록 되어 있어요. 이때 중심이 되는 두 개의 나무는 소의 멍에에 장착하기가 쉽도록 앞쪽을 활처럼 부드러운 곡선으로 만들었어요.

발구는 보통 단단한 참나무로 만들었는데 길이는 3~4미터정도 되었고 폭은 1미터, 무게는 20킬로그램 정도 나가요.

발구는 외발구와 쌍발구로 나눌 수 있어요. 앞채와 뒷채, 두 부분으로 되어 있는 쌍발구는 때에 따라 뒷채를 분리해서 앞채만 쓰기도 해요.

발구는 보통 소나 말이 끌기 때문에 상당히 무거운 것들도 사람의 힘을 들이지 않고 손쉽게 옮길 수 있는 장점이 있어요. 하지만 비탈길에서는 짐이나 사람의 무게 때문에 속력이 갑자기 빨라질 수 있어서 사고가 나지 않도록 속력을 잘 조절해야 한답니다.

방정환의 정겨운 장소 전차

도시 한복판으로 요란한 종소리를 내며 전차가 달려오고 있어요.

"꽃분아, 비켜야지. 전차가 오잖아!"

"할머니, 위험해요. 비키세요."

길을 따라 쭉 뻗은 철길로 전차가 들어오면 사람들은 모두 길을 내주느라 바빴어요. 철길에서 놀던 아이도 느릿느릿 걷던 할머니도 서둘러 길을 비켜 주어야 했지요.

전차 위로는 긴 전깃줄이 있었는데 그것이 전차를 움직이게 해요. 전차는 머리 위로 불꽃을 만들며 정류장에 가까워졌고, 시끄러운 소리를 냈지요.

"끼이익!"

운전사가 전차를 세웠어요. 정류장에서 기다리던 사람들은 내려놓았던 짐을 들고 하나둘 전차에 올라탔어요. 전차는 상등 칸과 하등 칸이 있었는데, 상등 칸은 하등 칸보다 요금이 두 배나 비쌌어요. 오늘은 토요일이라 다른 날보다 전차에 손님이 많았어요. 한복을 입고 나들이를 가는 사람이 많아서인지 전차 안은 알록달록 고운 색으로 물들었지요. 사람들이 모두 올라타자 운전사는 전차를 천천히 움직이기 시작했어요.

“잠깐만요.”

느릿느릿 움직이던 전차가 이제 막 속력을 내려는데 멀리서 덩치 큰 남자가 소리치며 달려왔어요. 운전사는 다시 전차를 세워 손님을 태웠지요.

“휴, 감사합니다.”

그 남자는 커다란 여행 가방을 들고 있었어요.

“아저씨, 여기 앉으세요.”

아홉 살쯤 되어 보이는 아이가 자리를 양보했어요.

“괜찮아요. 난 아직 건강하거든요. 참 착한 어린이네요.”

“히히히……..”

아이는 태어나서 처음 들어 보는 높임말에 기분이 무척 좋았어요. 하지만 전차에 탄 사람들은 그 남자를 이상하게 쳐다봤어요. 그때까지만 해도 아이에게 높임말을 쓰는 사람은 없었거든요. 그리고 ‘어린이’란 말도 잘 모를 때였지요.

“아저씨, 그런데 어린이가 무슨 뜻이에요?”

“아이들은 어른보다 더 소중히 생각하고 보호해 주어야 해요. 아이들은 어른 마음대로 해도 되는 사람이 아니거든요. 어른들이 아무렇게나 부르지 않게 하려고 내가 어린이라는 말을 만들었어요.”

전차에 탄 사람들 모두 그 사람의 말에 고개를 끄덕였어요. 그동안 우리나라에서는 유교적 관습 때문에 아이들을 보호하기 보다는 웃어른을 공경하는데 더 신경을 썼거든요. 이렇게 아이를 소중히 여기는 그 사람이 바로 방정환 선생님이었어요.

"끽~ 끽~!"

갑자기 전차가 시끄러운 쇳소리를 내며 멈췄고, 사람들은 넘어지거나 부딪쳤어요.

"어이쿠!"

"괜찮으세요?"

운전사가 당황스러운 목소리로 말했어요.

"네. 그런데 무슨 일이에요?"

넘어졌던 아주머니가 한복 자락을 털고 일어서며 물었어요.

"갑자기 고양이가 달려들어서요. 죄송합니다."

　운전사가 고개를 숙여 다시 한 번 사과했어요. 그러고는 천천히 전차를 출발시켰어요.

　"으앙!"

　뒤늦게 한 아이가 울음을 터뜨렸어요. 넘어져서 아픈 것은 잘 참았는데 손바닥에 난 작은 상처를 보고 놀래서 울기 시작한 거예요.

　"아저씨가 재미있는 이야기를 들려줄까요?"

　방정환 선생님의 다정스러운 말에 아이는 금세 울음을 그쳤어요. 전차에 탄 다른 아이들도 방정환 선생님 주위로 몰려들었어요. 아이들의 모습에 어른들도 귀를 쫑긋 세우고 선생님의 이야기에 귀를 기울였지요.

　"도시 쥐와 시골 쥐가 있었어요. 도시 쥐가 시골 쥐에게 놀러 갔지요. 도시 쥐는 허름한 시골 쥐의 집을 보고 투덜거렸어요. 먼지

만 날리고 맛있는 것도 없다고 생각했거든요. 도시 쥐는 자기가
얼마나 잘 사는지 자랑하고 싶었어요. 그래서 시골 쥐를 자기가
사는 도시에 초대했어요. 시골 쥐는 도시에 와서 깜짝 놀랐어요.
도시 쥐의 집에는 없는 게 없었거든요. 시골 쥐는 도시 쥐가 차려
준 맛있는 음식을 먹으려고 했어요. 그때, 갑자기 집주인이
몽둥이를 들고 나타난 거예요.”
　“어이쿠, 이를 어째?”
　“빨리 도망가야지…….”

"그래도 먹을 건 먹고 도망가야지!"

방정환 선생님의 이야기를 듣던 사람들은 저마다 한마디씩 했어요.

"요리 도망가면 요리 쫓아오고 조리 도망가면 조리 쫓아오는 거예요. 그러다 겨우 도망친 시골 쥐는 다시는 도시 쥐네 집에 놀러 가지 않았어요. 배부르게 먹는 것보다 평화롭게 사는 게 더 행복하다고 생각했거든요."

"맞아요, 맞아!"

"잘 생각했네!"

아이도 어른도 모두 선생님의 이야기에 푹 빠져 있었어요. 선생님은 계속 이야기보따리를 풀어놓았어요. 어른 아이 할 것 없이 이야기에 귀를 기울이며 즐거워 했어요. 지금은 나라가 어려운 일제 강점기였고, 어른들은 끼니를 걱정하느라 아이들을 신경 쓸 겨를이 없었거든요. 그런 상황에서 방정환 선생님의 따뜻한 관심과 사랑에 아이들은 행복했어요.

"잠깐만요. 전차 좀 세워 주세요. 아이고, 이야기 듣다가 내릴 곳을 지나쳤네."

한 아주머니가 부랴부랴 짐을 챙겨서 아들과 함께 전차에서 내렸어요.

"선생님, 이야기 잘 들었어요!"

아주머니와 아이는 전차가 멀어져 갈 때까지 손을 흔들었어요.

"이야기 또 해 주세요!"

"맞아요. 더 해 주세요!"

아이들은 더 많은 이야기를 듣고 싶어 했어요. 그러면 방정환 선
생님은 이야기보따리를 술술 풀어 놓았지요. 전차에서 선생님을
만난 아이들은 마음이 들떴어요. 마치 멀고 먼 이야기 나라로 여

행을 다녀온 기분이었거든요.

전차는 많은 사람들이 한꺼번에 탈 수 있어요. 서로 재미있는 이야기도 나눌 수 있었지요. 방정환 선생님에게 전차는 사람들과 만나는 정겨운 장소였지요. 재미있는 이야기보따리를 풀어서 아이들을 즐겁게 해 줄 수 있었으니까요. 함께 탄 어른들에게도 아이들이 우리의 미래라는 생각을 전해줄 수도 있었고요.

전차는 불과 몇 십 년 전까지만 해도 도시를 달리며 수많은 사람을 실어 날랐어요. 하지만 전차가 자연스러운 교통수단이 되기까지는 시간이 많이 걸렸답니다. 가마와 수레에 익숙했던 사람들에게 큰 소리를 내며 달리는 쇳덩어리는 괴물처럼 느껴졌으니까요.

우리나라의 전차는 1899년 5월에 처음 달리기 시작했어요. 시간이 지날수록 사람들은 전차의 편리함을 알게 되었고 점점 더 많은

사람으로 붐비게 되었지요. 처음에는 짧은 구간을 운행했지만 시간이 지날수록 서울에 더 많은 노선이 생겼어요. 그리고 부산과 평양에서도 전차를 탈 수 있게 되었지요. 전차는 1968년까지 바쁘게 사는 우리 국민들을 실어 날랐어요. 그러다가 더 빠른 교통수단이 생겨나면서 역사 속으로 사라지게 되었답니다.

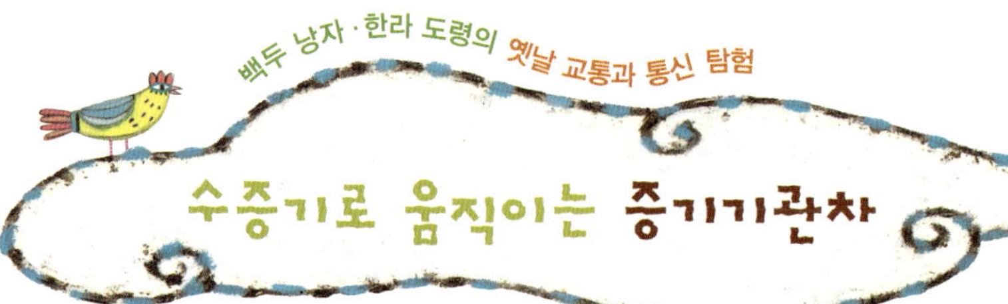

수증기로 움직이는 증기기관차

기차는 자동차나 버스보다 한꺼번에 많은 사람과 짐을 실어 나를 수 있어요. 또한 다른 교통수단보다 안전하고요. 우리나라 최초의 기차에 대해 궁금하지 않나요? 자세히 알아보아요.

1899년 9월 18일, 사람들은 모두 기차 이야기로 웅성거렸어요. 서울과 인천을 연결하는 기차가 처음으로 운행하는 날이거든요. 증기기관차가 요란한 소리를 내며 움직이기 시작했어요. 사람들은 천둥소리 같은 기적 소리와 거대한 쇳덩어리가 저절로 움직인다는 것에 놀랐어요. 사람들은 '쇠로 된 말'이 무척 빠르다고 생각해서 기차를 '철마'라고 불렀어요.

처음 우리나라에서 달린 기차는 증기기관차였어요. 증기기관차는 석탄으로 물을 데워 수증기를 만들어 그 힘으로 움직였지요.

기차를 타고 서울을 떠나 인천에 도착한 사람들은 매우 놀랐어요. 산을 넘고 물을 건너 열 시간이 넘게 걸어가야 했던 길을 두 시간 만에 달려왔으니까요. 또한 기차는 가마처럼 흔들거리지도 않고, 말처럼 고삐를 잡고 있지 않아도 되어 무척 편안했어요.

이처럼 편한 기차에는 슬픈 사연이 있답니다. 일제 강점인 1901년에 우리 백성들은 445.킬로미터에 달하는 긴 기찻길을 만들어야 했어요. 일본이 러시아와의 전쟁을 치르기 위해 군인과 무기를 쉽게 나를 수 있는 기차가 필요했거든요. 그래서 우리나라 사람들에게 밤낮없이 고된 노동을 강제로 시켰어요. 사람들은 철길을 만드느라 자신의 몸을 돌볼 시간도 없었지요. 수많은 사람들이 공사를 하면서 다치거나 죽었어요. 이렇게 사람들의 피와 땀이 어린 경부선은 3년 4개월 만에 완성되었지요. 기차는 편리한 교통수단이지만 기차에 얽힌 우리의 슬픈 역사를 한순간도 잊어서는 안돼요.

두레 모임의 신호 나발

"뚜우~ 뚜뚜."

　조용한 시골 마을에 나발 소리가 울려 퍼졌어요. 어서 일어나 일할 준비를 하라는 신호였지요. 오늘은 여름 더위가 시작된다는 '소서'랍니다. 이른 아침인데도 뜨거운 햇볕이 내리쬐었지요. 소서에는 논의 잡초를 뽑는 김매기를 해요.

　"일어나! 나발 소리 안 들려? 빨리 안 일어나면 오늘 밥은 없을 줄 알아!"

　"더 잘래요."

　달구네 어머니와 달구가 이불을 당기며 입씨름을 했어요. 달구는 마을에서 게으르기로 소문난 총각이었거든요.

　'어휴, 졸려. 저 나발만 없으면 더 잘 수 있을 텐데…….'

　달구는 나발이 원망스러웠어요. 달구네 마을에는 사람들이 힘을 모아 농사를 짓는 두레가 있었거든요. 나발 소리는 두레 모임의 신호였어요. 두레에 속한 일꾼은 나발 소리에 따라 모심기, 물대기, 김매기, 타작 등 함께 모여 힘든 일을 척척 해 나갔어요. 두레는 남자들이 이끌었는데, 건강한 남자 어른이라면 모두 두레에 참여했지요.

　"뚜뚜~ 뚜뚜~."

다시 한 번 마을에 나발 소리가 울려 퍼졌어요. 두 번째 나발은 어서 논으로 나오라는 뜻이었지요. 달구는 나발 소리를 들으며 생각했어요.

"정말로 나발을 없애야겠어. 도무지 잠을 잘 수가 없잖아!"

"뭐라고 중얼거리는 게야?"

어머니가 달구의 어깨를 탁 쳤어요. 달구는 억지로 논에 끌려 가서 김매기를 했어요. 오늘은 달구네 논의 김매기를 하는 날이었거든요. 달구는 마을 사람들과 열심히 잡초를 뽑았어요.

"뚜~ 뚜~ 뚜~."

점심때를 알리는 나발 소리가 들려오자 마을 사람들은 논두렁 옆 나무 그늘에 모여 앉았어요.

"역시 밥은 여럿이 먹어야 제맛이야!"

반찬은 소박했지만 사람들과 함께 땀 흘린 뒤에 먹는 점심은 꿀맛이었어요. 달구는 마을 사람들이 잠시 쉬는 사이에 논두렁에 놓여 있던 나발을 들고 뛰기 시작했어요.

마을 사람들이 보이지 않을 때까지
달아나 커다란 소나무 앞에 섰어요.
  달구는 소나무 근처 땅속에 나발을
묻어버렸어요.
  "이제 이 지겨운 나발 소리는 안 들어도
되겠어."
  달구는 아무 일도 없었다는
듯 태연하게 논으로 돌아
왔어요.

“어? 나발이 어디 갔지?”

나발 부는 것을 담당하는 만덕이 아버지가 두리번거렸어요.

“잘 찾아보구려. 나발에 다리가 달린 것도 아닐 테니…….”

“이상하네. 분명히 여기다 두었는데?”

마을 사람들은 나발을 찾느라 오후를 다 보냈어요. 두레를 할 때 나발만큼 좋은 통신수단이 없었으니까요.

달구는 함께 나발을 찾는 척하다가 슬쩍 빠져서 나발을 묻었던 소나무 밑에서 팔베개를 하고 누웠어요.

“내일부터는 지겨운 나발 소리를 안 들어도 되겠군.”

달구는 혼자서 신이 나서 계속 히죽거렸어요.

다음 날 동이 트자마자 달구는 뒹굴거리며 좋아했어요. 오늘부
터는 나발 소리가 들리지 않을테니까요.
'아, 좋다. 잠이나 실컷 자야지.'
하지만 만덕이 아버지는 다른 날보다 일찍 일어나서 집집마다
돌아다니기 시작했어요.
"일어나세요! 어서 일어나서 논으로 모이세요!"
"이렇게 일찍 웬일이세요?"
달구 어머니는 만덕이 아버지를 보고 깜짝 놀랐어요.

“나발이 없어서 집집마다 돌아다니며 말해야 하잖아요. 그러니
다른 날보다 일찍 알려야 모두 깨울 수 있죠!”

“아이고, 나발이 없어져서 만덕 아버지가 고생이 많네.”

“나발이 없으니까 목이 다 쉬겠어요. 어서 준비하고 논으로 나
오세요!”

만덕이 아버지는 달구 어머니에게 말하고는 뒷집으로 갔어요.

“달구야, 빨리 일어나! 우리 논의 잡초 때문에 벼가 다 시들시들
해지겠어!”

“나발 소리도 안 들리는데 왜 일어나요?”

달구는 오히려 어머니에게 화를 냈어요. 그랬다가 괜히 꿀밤만
먹었지요. 달구는 졸린 눈을 비비며 터덜터덜 논으로 걸었어요.

“나발을 없애도 똑같잖아. 괜히 땅 파느라 고생만 했네.”

달구를 따라오던 어머니가 그 말을 듣고 화들짝 놀랐어요.

“네가 나발을 없앤 거야? 마을의 나발을 숨기면 어쩌자는 거야!

달구 너는 앞으로 쌀 한 톨도 못 먹을 줄 알아!"

달구는 어머니에게 크게 혼이 났어요. 마을 사람들도 철이 없다 며 달구를 나무랐어요. 달구는 하는 수 없이 나발을 도로 찾아왔 어요.

"나발 소리가 작다."

"더 크게 불어야지."

마을 사람들은 일하다 말고 나발을 부는 달구를 놀렸어요.

“뚜~ 뚜뚜~ 뚜~.”

달구는 논두렁에 서서 나발을 불었어요. 나발을 숨긴 벌로 추수를 할 때까지 달구가 나발을 불기로 했거든요. 마을 사람들은 나발 소리에 박자를 맞춰 일을 했어요. 나발 소리에 맞춰 일을 하니 뒤처지는 사람도 앞서는 사람도 없었어요. 마을 사람들은 전보다 더 일찍 일을 마무리할 수가 있었고, 달구도 흥겨운 나발 소리가 좋아졌어요. 자기가 부는 나발 소리에 마을 사람들이 즐거워하는 모습을 보는 게 무척 좋았거든요.

“뚜우~뚜뚜~.”

다시 아침이 밝았어요. 오늘도 함께 논일을 하는 날인가 봐요. 달구의 나발 소리가 들리는 것을 보니 말이에요. 이제 만덕이 아버지 대신 달구가 나발을 불어 사람들을 깨우게 되었거든요.

통신수단이 거의 없던 옛날에 편리하고도 흥겨운 통신 방법이 나발이었어요. 나발은 흔히 ‘나팔’이라고 부르는데 여러 가지 음을 낼 수는 없어요. ‘뚜우’ 하고 한 음만 길거나 짧게 낼 수 있지요. 하지만 나발로도 충분히 흥겨운 소리를 만들 수 있답니다.

나발은 신호를 전달할 때도 사용했어요. 관리나 임금이 행차할 때도 나발을 불었지요. 길에서 ‘뚜뚜뚜’ 요란하게 울리는 나발 소

리가 나면 '높은 분이 지나갑니다! 모두 길을 비켜 예의를 갖추시오!'라는 뜻이었어요.

나발은 군에서 신호용으로도 썼어요. 정신없이 사방으로 흩어져 있던 군사들도 나발 소리 한 번이면 모였어요. 모두 모이면 나발 소리에 발을 맞추어 앞으로 힘차게 나아갔지요. 만약 나발이 없었다면 시끄러운 전쟁터에서 목청이 터지도록 소리쳐야 했을 거예요. 이처럼 나발은 조상들의 생활에서 편리하게 사용되었답니다.

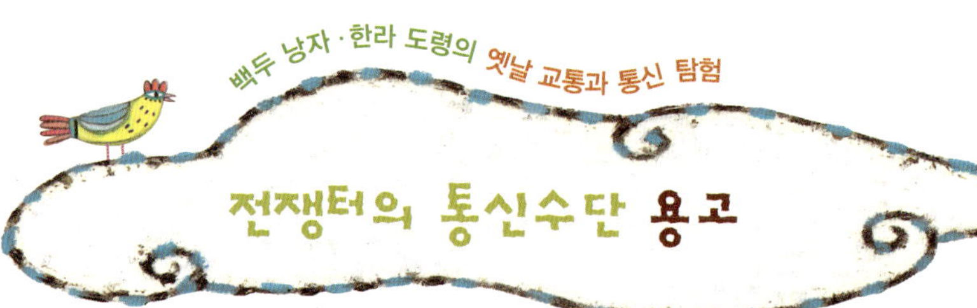

옛날 전쟁터에서는 어떻게 명령을 전달했을까요? 멀리 떨어져 있는 군사들이나 정신없이 싸우는 도중에 후퇴를 하게 될 순간에 어떤 통신수단을 사용했는지 자세히 알아보아요.

우리 조상들은 전쟁을 할 때, 북과 징을 통신수단으로 사용했어요. 북소리는 전진을 뜻하고 징소리는 후퇴를 뜻했지요.

군대에서는 통신용으로 나발, 대금, 징, 꽹과리, 북 등을 사용했어요. 이러한 악기로 미리 약속을 한 후 다양한 뜻을 전달했지요. 넓은 전쟁터에서 군대를 이끌기에는 웅장하고 요란한 소리를 내는 악기로 뜻을 전달하는 것이 편했거든요.

전쟁터에서 특히 많이 사용한 통신수단은 북이에요. 옛날 우리나라 군대에서는 신

호용으로 '용고'라는 북을 만들어 사용했어요. 군사들은 용고 소리에 맞춰 힘차게 앞으로 전진했어요. 가슴을 울리는 장엄한 용고 소리는 군사들에게 자신감과 사명감을 심어 주었지요.

　용고는 북통에 화려한 용이 그려져 있어요. 그리고 양쪽에 고리가 달려 있어서 끈을 끼울 수 있었지요. 자주 옮겨 다녀야 하는 군사들은 용고를 끈에 끼워 어깨에 메고 이동했어요. 용고의 지름은 40센티미터가 조금 넘고, 높이는 20센티미터가 넘어서 어깨에 메기 적당했거든요.

　용고를 칠 때는, 북채 두 개를 양손에 잡고 용고 윗면에 있는 가죽을 힘 있게 내리쳐요. 그러면 북통이 울려 용이 울부짖는 듯한 소리가 멀리까지 울려 퍼졌지요.

　평상시에 용고는 대취타 연주나 민속놀이, 창, 무용, 무속에서의 무구로 사용했답니다.

이순신 장군의 지혜 신호연

이순신 장군은 벌써 며칠째 고민했어요. 왜적들이 틈만 나면 우리나라에 쳐들어왔거든요.

"어떻게 하면 멀리 있는 군사들에게 명령을 쉽게 내릴 수 있을까?"

수많은 왜적을 물리치려면 명령에 따라 군사들이 빠르게 움직이는 것이 중요했어요. 지금까지는 싸울 때 주로 깃발로 명령을 내렸는데, 깃발 신호는 군사들이 못 보는 경우가 많았어요. 장군은 깃발보다 더 좋은 방법이 없을까 늘 고민했어요.

그러던 어느 날, 장군은 좋은 생각이 떠올랐어요.

"아, 그래. 연을 이용하면 되겠구나!"

하늘 높이 나는 연으로 신호를 보내기로 한 거예요. 그러면 멀리 있는 군사들도 쉽게 볼 수 있을 테니까요. 장군은 종이에 다양한 모양을 그리기 시작했어요.

"이 달 모양은 공격하라는 뜻으로 사용하면 되겠군!"

장군은 서른 개가 넘는 모양을 만들고 그 모양이 뜻하는 명령을 그 아래에 적어 두었어요.

다음 날이 되자 장군은 그림을 잘 그리는 군사를 불렀어요.

"여기 있는 모양을 커다란 방패연에 그려 넣도록 하여라. 이제

부터는 연으로 명령을 전달할 것이다!”

“정말 훌륭한 생각이십니다.”

군사는 장군의 지혜에 감탄하며 여러 가지 모양이 그려진 종이를 받아 들고 돌아갔어요. 그런데 얼마 뒤, 그 군사가 다시 장군을 찾아왔어요.

“그런데 장군님, 여기 모양 중에 후퇴 명령이 없습니다.”

“내가 후퇴 명령을 내리는 것을 본 적이 있느냐?”

장군의 말에 병사는 머리를 갸우뚱했어요.

“후퇴란 곧 나라를 포기하는 것과 마찬가지야. 나라를 지키는 군사는 비겁하게 도망가서는 안 된다! 어떤 상황에서도 목숨을 다해 싸운다는 결심이 있어야 전쟁에서 이길 수 있다!”

동쪽 공격
산능선 공격
(야간)
동쪽, 남쪽
동시 공격
남쪽 공격
태풍시에 줄 짧게
뱃머리 남쪽
달이 뜨면 공격
서쪽 공격
맞붙어 싸우기
(야간)
서쪽, 남쪽 공격

장군의 깊은 뜻을 헤아리지 못했던 군사는 얼굴이 빨개져서 돌아갔어요.

신호를 알리는 '신호연'이 완성되자 장군을 군사를 모았어요. 그러고는 신호연이 뜻하는 것을 하나하나 설명했어요. 군사들은 서른 개가 넘는 신호연의 뜻을 줄줄 외웠고, 장군은 신호연으로 쳐들어온 왜적을 물리쳤어요.

하지만 얼마 지나지 않아 어마어마하게 많은 왜적이 다시 몰려왔어요. 왜적과 맞서 싸울 준비를 하던 군사들을 왜적의 수에 술렁거리기 시작했어요.

"정신만 똑바로 차리면 300척, 600척도 끄떡없다. 어서 출항할 준비를 하라!"

장군의 명령에 따라 우리 군대는 56척의 배로 왜적을 맞아 싸우러 갔어요. 장군은 우선 왜적의 배가 어디쯤 오고 있는지 알아보도록 정찰 명령을 내렸어요. 신호연을 담당한 군사가 '수리당가리'라는 이름의 연을 하늘에 띄웠어요. 신호연을 본 정찰선은 왜적이 있는 방향으로 조심스레 다가가 정찰했어요.

"장군님, 적군의 배는 73척이나 됩니다. 배에 왜적들이 가득 타고 있습니다."

정찰을 마치고 장군에게 건너온 군사가 말했어요.

"그래? 잘못했다가는 궁지에 몰리겠구나! 넓은 곳으로 가서 싸워야겠다! 어서 한산도로 움직여라!"

이순신 장군과 우리 군대는 한산도로 향했어요. 두 척의 배는 반대 방향으로 갔는데 왜적을 유인하기 위해 남쪽으로 갔지요.

한산도에 도착하자 배들은 학이 날개를 편 모양으로 길게 서서 적군을 기다렸어요.

"왜적이 몰려온다!"

주위를 살피던 군사가 소리치자 다른 군사들
은 모두 화살과 대포를 쏠 준비를 했어요. 푸른
바다 위로 새까맣게 왜적의 배가 몰려오기 시작
했어요. 장군이 보낸 배 두 척이 적군을 유인하는
데 성공한 거예요.

이순신 장군은 남쪽을 공격하라는 뜻의 '홍외당가리연'을 날리
도록 했어요. 신호연이 하늘에 둥실 떠오르자 거북선을 중심으로
길게 늘어서 있던 배들이 일제히 남쪽으로 움직이기 시작했어요.
그리고는 왜적을 둘러싸고 공격하기 시작했지요.
　"펑! 펑! 펑!"

여기저기서 대포 소리와 왜적들의 비명이 가득했어요. 왜적들의 배는 그야말로 아수라장이 되었지요. 얼마 뒤, 우리 군대는 73척이나 되는 왜적을 물리치고 승리를 거두었어요. 장군의 공격 명령을 빨리 전달한 신호연의 도움도 컸지요.

연은 나무로 만든 살을 가로세로로 엮어서 종이를 붙여 만들어요. 그러고 나서 연에 실을 달아서 바람에 날리면 하늘로 둥실 떠오르지요. 연은 우리나라, 중국, 일본 같은 동양에서 놀이 도구로 이용하고 있어요. 옛날에는 연을 놀이 도구뿐만 아니라 다양하게 이용했어요. 정월 대보름에 날리는 액막이 연이나 복을 기원하는 기복연, 주술적 의미로 날리는 연도 있지요.

신호연은 이순신 장군이 임진왜란 때 만들어서 편리하게 사용했어요. 그래서 장군의 호를 따서 '충무연'이라고 부르기도 해요. 연에 그린 무늬는 산이나 반달처럼 자연에서 따온 경우가 많았어요. 신호연에는 무늬에 따라 각각 어울리는 이름이 있어요. 군사들은 연의 뜻을 항상 기억하도록 훈련했어요. 신호연의 뜻을 모르는 적군은 연을 보고도 아무런 정보를 알 수 없었답니다.

신호연은 같은 뜻이라도 낮에 사용하는 것과 밤에 사용하는 것이 따로 있었어요. 낮에는 잘 보이기 때문에 알록달록한 무늬도

넣고 진한 색을 많이 사용했어요. 하지만 깜깜한 밤에는 잘 보이지 않으니까 무늬와 색이 단순했지요.

색깔이 방향을 표시하기도 했어요. 흰색은 서쪽, 청색은 동쪽, 붉은색은 남쪽, 검은색은 북쪽, 노란색은 가운데를 뜻해요.

신호연은 과학적이고 합리적인 방법으로 만들어졌어요. 이런 이유로 세계 어디에 내놓아도 부끄럽지 않은 자랑스러운 우리 조상들의 통신 방법이랍니다.

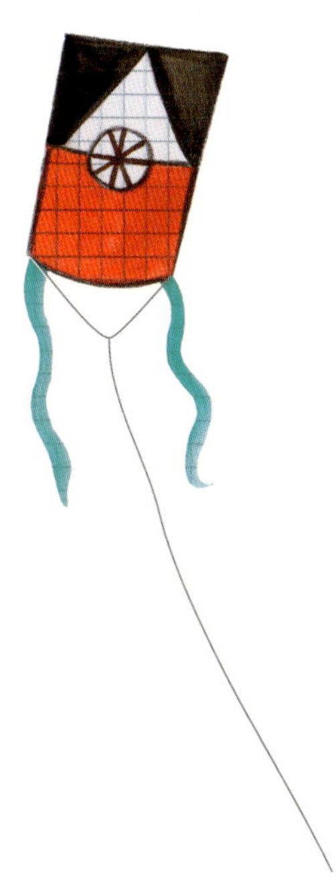

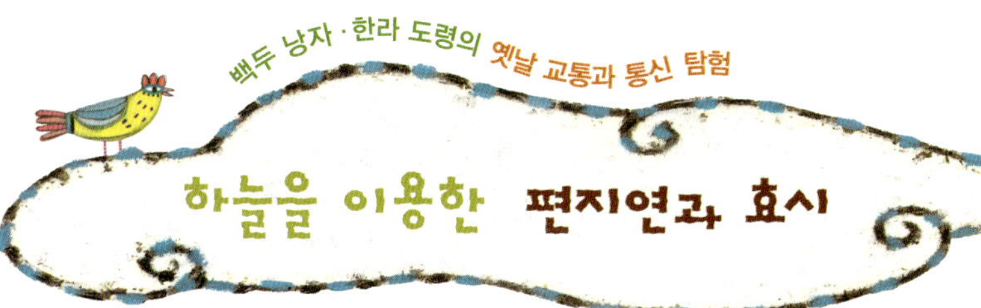

하늘을 이용한 편지연과 효시

요즘 호주에서는 비행기를 이용해 하늘에 글씨를 쓰는 광고가 있다고 해요. 하늘을 이용하면 여러 사람이 볼 수 있으니 좋은 통신수단이겠지요. 우리 조상들도 하늘을 이용해 통신을 했는데, 무엇인지 궁금하지 않나요? 지금부터 자세히 알아보아요.

바람이 많이 부는 강변에 가면 사람들이 연을 날리는 모습을 종종 볼 수 있어요. 연을 놀이 도구로 사용하는 것이지요. 연은 바람을 잘 타면 멀리 날아가기 때문에 조상들은 먼 곳에 있는 사람과 통신수단으로 사용했어요. 소식을 주고받기 어려웠던 옛날에는 편지를 적은 연을 날리기도 했어요. 종이로 만든 연에 편지를 쓴 다음 소식을 받을 사람이 있는 방향으로 날렸어요. 연이 하늘을 높이 날면 연줄을 끊어 그대로 날려 보내는 거지요. 물론 연이 편지를 받아야 할 사람

에게 정확하게 전해지는 경우
는 드물었어요.

　새해가 되면 연에 소원이나
이름, 생년월일, 송액영복과 같
은 글을 써 하늘에 띄웠어요.
연이 하늘 높이 올라가 신에게
전해준다고 생각했거든요.

　하늘에 날아올라 소식을 전하는 것은 연 말고도 또 있어요. 그건 바로 ‘윙’ 하고
요란한 소리를 내는 효시라는 화살이지요. ‘효시’ 는 ‘우는 화살’ 이라는 뜻이에요.
효시의 끝에 속이 비고, 구멍이 뚫린 빈 깍지를 달아 붙여요. 이것을 활에 끼워 쏘면
소리가 났거든요. 활을 쏘면 빈 깍지에 공기가 들어가면서 소리가 나는 원리예요.

　효시의 화살촉은 뭉툭해서 전쟁 무기보다는 신호용으로 많이 사용되었어요. 옛날
에는 장군들이 공격 명령을 내리면 전쟁의 시작을 알리는 신호로 효시를 쏘았지요.
그래서 ‘효시’ 에는 ‘어떤 것의 시작, 또는 처음’ 이라는 뜻이 생겼어요. 통신 방법이
발달한 요즘에는 효시의 원래 용도보다 나중에 생긴 뜻을 더 많이 사용한답니다.

삼돌이의 엄청난 실수 봉수

"불이다. 산에 불이 났다!"

삼돌이는 산꼭대기에서 불이 활활 타오르는 것을 보고 깜짝 놀랐어요. 방에 있던 여동생 달래가 너무 놀라서 맨발로 뛰어나왔어요.

"어디? 어휴, 오빠는 봉수도 몰라? 저건 봉수잖아!"

동생 달래가 한심하다는 듯 고개를 저으며 말했어요.

"봉수가 뭔데?"

"적이 쳐들어오거나 위급한 상황을 임금님께 전하는 신호잖아!"

삼돌이는 스무 살이 넘었지만 동생보다 모르는 게 많았어요.

"아, 그렇구나! 근데 불은 누가 피우나? 도깨비가 피우나?"

삼돌이의 말에 달래는 답답해 하며 말했어요.

“불은 봉수대를 지키는 봉졸이 피우지 도깨비가 어떻게 피우겠
어.”

달래는 머리를 절레절레 흔들며 방으로 다시 들어갔어요.

“봉졸이 되고 싶다. 나도 불 잘 피우는데…….”

달래의 얘기로 봉졸이 있다는 것을 알게 된 삼돌이는 봉졸이 되
고 싶었어요.

그때부터 틈만 나면 봉수대를 지키는 오장에게 졸랐어요. 어찌
나 졸랐는지 오장은 귀찮아서 일을 볼 수 없을 정도였어요. 어쩔
수 없이 삼돌이를 봉졸로 뽑아 주었지요.

봉졸에 뽑히던 날, 삼돌이는 봉화산이 쩌렁쩌렁 울리도록 큰 소
리로 외쳤어요.

“열심히 하겠습니다!”

나라의 소식을 전하는 중요한 일을 하게 된 것이 무척 기뻤거든
요. 삼돌이는 누구보다 열심히 일하겠다고 다짐했지요.

“자네가 오늘 새로 들어왔으니 봉수대 아궁이와 연통을 잘 확인
하게. 소식을 전해야 하는데 아궁이가 막혀서 불을 피우지 못하면
큰일이니까!”

오장이 드디어 삼돌이에게 첫 번째 일을 주었어요.

"예. 알겠습니다!"

삼돌이는 힘차게 대답했어요.

"하하하, 목소리가 우렁차서 마음에 드는군! 선배 봉졸에게 열심히 배우도록 하게."

오장은 삼돌이를 칭찬해 주고는 다른 봉졸과 함께 창고를 살피기 위해 갔어요.

"그런데 아궁이랑 연통을 어떻게 확인하지?"

삼돌이는 자신 있게 대답은 했지만 어떻게 해야 할지 몰라 당황했어요. 그 모습을 본 장난기 많은 선배 봉졸이 삼돌이에게 다가왔어요.

"아궁이와 연통을 확인할 때는 불을 피워야 해. 불이 잘 붙어서 연기가 제대로 나야 하거든."

"아, 불을 피우면 되는구나! 알려 주셔서 감사합니다."

사실 아궁이와 연통을 확인하려면 긴 막대로 청소를 하면 되지요. 아궁이와 연통을 깨끗하게 해서 눈으로 살펴보면 되거든요. 선배 봉졸은 삼돌이를 놀리려고 거짓말을 했던 거예요. 삼돌이는 선배 봉졸의 말을 그대로 믿고 열심히 아궁이에 나무를 넣고 불을 지폈어요. 그러고는 선배 봉졸에게 배운 대로 동물의 똥을 나무

위에 올렸어요.

봉수를 이용해 소식을 전할 때는 밤에는 불을 피워 불빛으로 알려요. 낮에는 불빛이 잘 안 보이니까 동물의 똥을 태워 진한 연기로 소식을 전하거든요. 다섯 군데 아궁이에서 불이 활활 타올랐어요. 연통에서는 선명한 연기가 길게 피어올랐지요.

"아궁이에도 연통에도 아무 이상이 없군."

삼돌이는 땀을 닦으며 뿌듯해 했어요. 그 시각 봉화산 아래에 있는 마을에서는 난리가 났어요.

"봉화산에 연기가 피어올라요!"

봉수대에서 연기가 피어오르는 것을 본 사람들은 깜짝 놀랐어요.

"아이고, 왜놈들이 또 쳐들어왔나 보네."

"덕삼아, 어서 짐 챙겨라!"

국경 가까이에 있는 마을 사람들은 피난을 가려고 서둘러 짐을 쌌어요. 평화롭던 마을은 우왕좌왕 정신이 없었지요. 봉수대 다섯

군데에서 불이나 연기가 피어오르면 그건 전쟁이 났
다는 뜻이거든요. 때문에 마을 사람들이 겁에 질려
떠날 준비를 하는 거예요. 아무 일 없이 평화로
운 때에는 봉수 한 곳에만 불을 피웠어요.
그러면 백성들은 마음 놓고 일을 할 수가
있었지요.

적이 멀리서 나타나면 두 개, 우리나라 가까이 오면 세 개, 국경을 넘어 우리나라에 쳐들어오면 네 개, 적과 전쟁을 하게 되면 다섯 개의 봉수를 피워요. 봉수를 피우는 것은 한양에 있는 임금님께 소식을 전하기 위한 것이지만 봉수대가 있는 마을 사람들이 제일 먼저 전쟁 소식을 알게 되거든요.

밖에서 들리는 소란스러운 소리에 오장은 깜짝 놀랐어요.

"대체 무슨 일이 있는 게야?"

창고에서 나온 오장은 봉수대에 피어오르는 연기를 보고 깜짝 놀랐어요. 멀리 국경 쪽에 있는 봉수대를 보았지만 그곳에서는 연기가 피어오르지 않았지요. 오장은 삼돌이에게 달려갔어요.

“네가 불을 피운 게냐?”

“네. 연통과 아궁이에는 아무런 이상이 없습니다!”

삼돌이는 칭찬을 들을 줄 알고 싱글벙글 웃으며 대답했어요.

“당장 불을 꺼!”

오장은 다른 봉졸과 함께 불을 껐어요. 그러고는 마을에 내려가
서 사람들에게 잘못된 봉수였다고 말했어요. 봉수대 관리를 잘못
한 오장은 마을 사람들에게 혼이 났지요. 다시 봉수대에 올라온
오장은 여간 화가 난 게 아니었어요.

“거짓 봉수를 올리면 어떻게 되는지 아느냐?”

“전 그냥 선배님이 알려 준 대로 한 건데…….”

삼돌이가 눈물을 글썽이며 말했어요.

"또 네 장난이구나!"

오장이 나무라자 선배 봉졸은 별일 아니라는 듯이 말했어요.

"심심해서 그랬어요!"

"뭐야?"

오장은 장난기가 너무 많아 늘 사고뭉치인 봉졸에게 무척 화가 났어요. 봉수를 우습게 생각했던 그 봉졸은 결국 곤장을 맞고 쫓겨났지요. 그 뒤 삼돌이는 오장에게 봉수에 대해 많은 것을 배웠고, 봉수대 관리를 잘했지요.

옛날에는 급한 일이 생기면 사람이 걷거나, 말을 타고 직접 가서 소식을 전했어요. 그래서 국경에 적이 쳐들어온다는 사실을 알게 되기까지 며칠이 걸렸어요. 왕이 소식을 듣고 전쟁터에 지원병을 보내기까지도 많은 시간이 걸렸지요.

사람들은 나라의 중요한 소식을 왕에게 빨리 전할 수 있는 방법이 없는지 고민했어요. 그래서 횃불과 연기를 이용한 봉수 제도가 생겨난 거예요.

봉수는 삼국 시대부터 조선 시대까지 사용했어요. 봉수의 '봉'은 횃불, '수'는 연기를 뜻해요. 환한 낮에는 연기로 깜깜한 밤에는

햇불로 소식을 전했으니까요. 나라에서는 각 지방의 높은 산봉우리에 봉수대를 만들었어요. 그리고 정해진 시간에 봉수를 올려 소식을 전했지요. 국경에 있는 봉수대에서 다음 봉수대로 전달하고, 또 다음 봉수대로 전달해서 결국 왕이 있는 곳으로 소식이 모였어요. 우리나라 곳곳의 소식은 한양에 있는 남산 봉수대에 전해졌어요. 그러면 신하들은 소식을 모아 왕에게 알렸어요.

국경에서 낮에 연기로 신호를 보내도 왕이 있는 한양에 도착할 때가 되면 날이 어두워져서 연기에서 햇불로 바뀌었어요. 하지만 국경의 봉수대에서 전달된 소식이 서울에 도착하기까지 12시간이 넘지 않았어요. 소식을 전하는데 12시간이나 걸렸다니 너무 길지요? 하지만 그 당시에는 사람이 직접 소식을 전하는 것보다는 훨씬 빠르고 편리한 통신 방법이었답니다.

밤에 불을 피울 때는 봉졸이 나무를 태웠어요. 낮에는 환한 햇빛 때문에 연기를 피웠는데 나뭇가지 위에 동물의 똥을 얹어 태워 연기를 냈지요. 처음부터 봉수대에 연통이 있었던 것은 아니에요. 원래는 연통이 없어서 연기가 선명하게 보이지 않았답니다. 1474년 성종 때 봉수대에 연통을 만들었어요. 연통은 연기를 한곳으로 모아 전보다 더 선명한 연기로 소식을 전할 수 있었지요.

우리 조상들이 편리하게 사용했던 봉수는 다른 통신 방법이 들어오면서 사라졌어요. 하지만 우리나라의 높은 산에는 아직도 튼튼하게 쌓아 올린 봉수대가 많이 남아 있답니다.

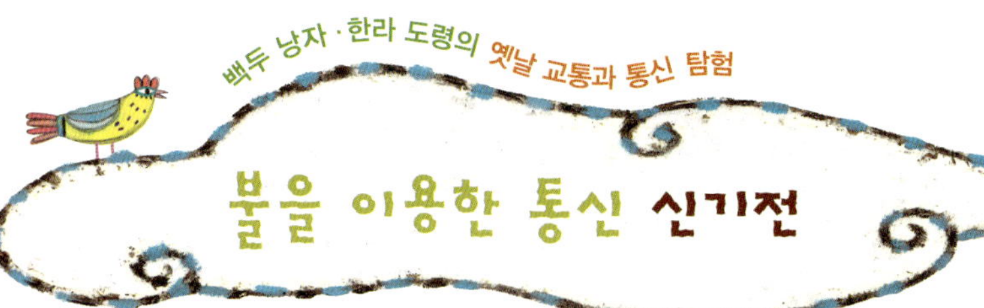

불을 이용한 통신 신기전

옛날 우리나라에는 무려 670여 개의 봉수대가 있었어요. 4킬로미터에서 16킬로미터의 간격으로 있었지요. 국경에서부터 하나의 길처럼 연결된 봉수대는 불과 연기를 이용한 통신수단이에요. 봉수대 말고도 불을 이용해 통신을 하는 것을 알아보아요.

봉수처럼 불을 이용해서 통신을 하는 것은 신기전이에요. 신기전은 우리 조상들이 화약을 장치해 불을 달아 쏘던 화살을 말해요. 신호용으로 사용하거나 전쟁에서 무기로 사용했지요. 1448년 세종대왕 때 제작되었는데, 고려 시대 말에 최무선이 화약국에서 제조한 로켓형 무기인 '주화'를 개량했어요. 대신기전, 산화신기전, 중신기전, 소신기전이 있는데 대신기전은 크기가 5미터 정도였고 소신기전은 1미터 정도였지요.

처음에 신기전은 한 번에 한 개씩 빈 화살통 같은 곳에 꽂아 발사했어요. 그러다가 1451년 화차가 제작된 이후에는 15개씩 꽂아 한꺼번에 100발을 발사했지요. 신기전은 우리 조상들이 만든 가장 오래된 로켓이라는데 의미가 있어요.

신기전은 화살 끝에 화약통을 달았어요. 화약통에 불을 붙이면 그 힘으로 인해 로켓처럼 빠르게 날아서 멀리 날아가지요.

신기전은 화약의 추진력으로 화살을 빠르고 멀리 보낼 수 있어요. 그래서 무기보다는 통신수단으로 널리 사용되었어요. 화살이 날아가는 방향과 화살의 개수, 발사 시간, 화살에서 나는 연기의 색상에 따라 미리 약속을 했어요. 그리고 상황에 맞게 정해진 정보를 전달했답니다. 이순신 장군이 옥포해전 후 임금님께 올린 보고서에 신기전을 이용해 왜적을 염탐했다는 기록도 남아있어요.

나라의 소식 파발

"어? 이게 무슨 소리지?"

백마산성의 문을 지키던 군사가 옆에 있는 군사에게 물었어요.

"파발일세! 나라의 소식을 전하는 파발 말이야!"

파발을 전하는 파발꾼이 백마산성의 문 앞에 도착했어요.

"방울 세 개, 임경업 장군에게 온 급한 파발이오. 어서 문을 여시오."

문을 지키던 군사는 서둘러 문을 열었고, 파발꾼은 임경업 장군에게 달려갔어요.

"파발이 뭔지는 알아. 그런데 방울 세 개는 왜 다는 것인가?"

"방울이 하나면 보통 문서이고, 방울이 두 개면 좀 급한 문서란 뜻이지. 그리고 나라에 위급한 일이 생기면 방울 세 개를 달아. 산성의 문을 지키려면 그 정도는 알아야지!"

"그렇군, 내가 무기만 관리하다 보니 그런 걸 잘 몰랐네."

문을 지키던 군사들은 파발꾼이 전한 문서에 뭐라고 적혀 있을지 무척 궁금했어요.

파발꾼은 임경업 장군을 만나자마자 꽁꽁 여민 가죽 자루를 열어 나라의 소식이 담긴 문서를 꺼냈어요. 문서는 종이에 여러 번

싸여 있었어요. 장군은 조심스럽게 문서를 펼쳐 보았어요. 파발은 국경 지역에서 보낸 것이었지요.

"청나라 군대가 압록강을 넘어서 쳐들어왔다고?"

우리나라의 북쪽을 지키는 장군의 얼굴이 일그러졌어요. 청나라는 우리나라 북쪽 지역에 있는 나라였지요.

"우리가 적군을 막아야 한다!"

장군은 청나라 군대가 임금님이 계신 한양으로 가지 못하도록 막겠다고 다짐했어요.

"적군이 압록강을 넘었다고 어서 임금님께 파발을 보내라!"

장군은 다시 파발을 보내고 전쟁 준비를 했어요. 그동안 성실하게 준비해 온 덕에 백마산성에는 튼튼한 무기와 용감한 군사들이 많았어요.

장군은 매서운 겨울바람이 몰아치는 백마산성에 서서 적군이 나타나기를 기다렸어요. 하지만 어찌 된 일인지 한 명도 나타나지 않았어요.

‘이상하군. 압록강을 넘었다는 파발을 받은 지 벌써 사흘이 지났
는데…….’
　"장군님, 파발이 왔습니다!"
　손발이 꽁꽁 언 파발꾼이 장군에게 파발 문서를 전했어요. 이번
에도 방울이 세 개 달린 파발이었지요.

청나라 군대가 백마산성을 피해 먼 길로 돌아서 한양으로 간 것이었어요. 임경업 장군은 청나라까지 소문이 날 정도로 용맹했거든요.

"아니, 이럴 수가? 비겁하게 피해 가다니!"

장군은 군사들을 모아 쉬지 않고 한양으로 달려갔어요. 추운 바람을 가르고 눈밭을 헤치며 한양 근처까지 왔을 때였어요.

"내일이면 한양에 도착할 수 있겠어. 이 길로 가면 적이 눈치채지 못할 거야."

장군은 군사들이 잠을 자는 동안 지도를 보며 작전을 짜고 있었어요.

"장군님! 인조 임금님께서 청나라에게 항복했다고 합니다!"

마을을 살피려고 나갔던 군사가 한달음에 달려와 소식을 전했어요.

"말도 안 된다! 어떻게 그런 일이 있을 수 있단 말이냐?"

장군은 가슴을 치며 눈물을 흘렸어요.

유난히 추웠던 1637년 1월, 청나라가 쳐들어온 '병자호란'은 우리의 항복으로 끝이 났어요. 하지만 장군은 그대로 당하고 있을 수가 없었어요.

"이제 우리는 어디로 가야 합니까?"

한 군사가 힘없는 목소리로 묻자 장군은 주먹을 불끈 쥐었어요. 그리고 깊은 생각에 잠겼어요.

"이대로 포기할 수는 없다!"

장군은 청나라 군대가 우리 백성들을 포로로 데려가고 있다는 소식을 들었어요. 게다가 수많은 말과 귀중한 물건도 빼앗아 간다고 했어요.

　장군은 청나라 군대가 지나갈 것이라고 예상되는 비탈진 길목에 숨어 있었어요. 장군의 생각대로 청나라 군대는 그곳으로 점점 다가오고 있었어요. 우리나라의 죄 없는 백성들이 청나라의 인질로 끌려가고 있었어요. 그 모습을 본 장군이 큰 소리로 외쳤어요.

"나가서 싸워라! 우리 백성을 포로로 보낼 수는 없다!"

장군의 말에 숨어 있던 군사들이 우르르 쏟아져 나왔어요. 생각지도 못했던 곳에서 공격을 당한 청나라 군사들은 힘없이 쓰러졌어요. 장군은 말을 타고 날쌔게 달려가 적장의 목을 베었어요.

　이렇게 해서 청나라로 끌려가던 우리 백성들은 다시 안전하게 집으로 돌아갈 수 있었답니다. 장군은 이러한 내용을 종이에 적어 한양으로 파발을 보냈어요.

　"전하, 파발이 왔습니다. 임경업 장군이 청나라로 끌려가던 우리 백성을 구했다고 합니다."

　임금과 신하들은 파발을 보고 눈물을 흘렸어요.

　"임금은 나라를 포기하고 항복을 했거늘, 임경업 장군이 나라의

희망이 되어 주었구려.”

이처럼 나라의 중요한 일을 전하던 것이 파발이었어요. 봉수는 빠르기는 하지만 자세한 내용을 전할 수는 없었지요. 게다가 소식이 끊기거나 잘못 전달되기도 했지요. 그래서 1597년에 봉수의 문제점을 보완하기 위해 파발 제도가 시작되었답니다. 파발은 봉수와는 달리 자세한 내용을 전달할 수 있어서 편리했어요.

파발은 말을 타고 전하는 '기발'과 사람이 직접 걸어서 전달하는 '보발'로 나뉘어요. 파발을 전할 때 타고 가는 말을 파발마라고 불러요. 모두 말을 타면 편할텐데 왜 걸어서 전했을까요? 물론 사람이 뛰어가서 전하는 것보다 파발마를 타고 가서 전하는 것이 훨씬 빨랐어요. 하지만 말은 굉장히 비싼데다가 관리하는 것도 돈이 많이 들었어요. 그래서 급한 일이 자주 생기는 국경 지대를 빼고는 파발꾼이 직접 걸어가서 파발 문서를 전했답니다.

파발을 전하려면 며칠씩 걸리기 때문에 중간에 쉴 수 있는 곳이 필요했어요. 그래서 보통 30리마다 '참'을 두었어요. 참은 파발마와 파발꾼이 먹고 잘 수 있는 곳이었지요.

또한 나라에서는 엉뚱한 곳에 비싼 파발마가 사용되는 것을 막기 위해서 마패 제도를 만들어 마패를 가진 사람만 참에 있는 말

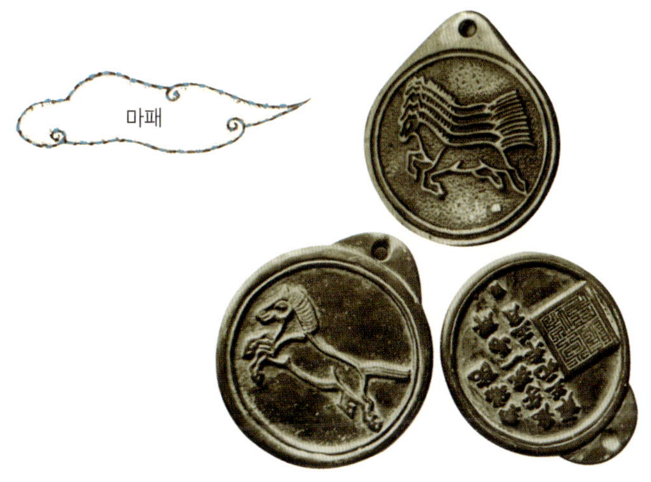

을 사용할 수 있도록 했지요. 마패에는 말이 한 마리에서 열 마리
까지 그려져 있었어요. 마패에 그려져 있는 말의 수만큼 참에 있
는 파발마를 사용할 수가 있었거든요.

　파발은 봉수, 역참과 함께 조선 시대의 대표적인 통신수단이었
답니다.

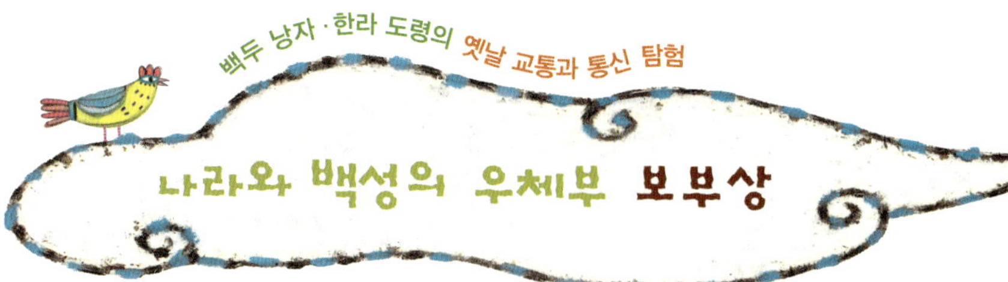

나라와 백성의 우체부 보부상

일반 백성의 급한 소식은 누가 전했을까요? 예전에 우체부 역할을 했던 것은 보부상이에요. 보부상은 지방의 시장을 돌아다니면서 사람들에게 물건을 팔던 행상을 말해요. 물건을 사고팔며 다양한 소식을 전해주던 보부상에 대해 자세히 알아보아요.

통신 수단이 발달하지 않았던 옛날에는 보부상들이 우체부 역할도 했어요.

시장을 옮겨 다니며 집집마다 찾아다니는 보부상은 자연스레 많은 소식을 알았거든요. 그래서 보부상은 백성들의 다양한 소식을 전하는 일도 했어요. 만약 친척이 전주에 가 있다면 전주로 가는 보부상에게 편지를 부탁하면 됐거든요.

보부상은 전국적으로 상단이 조직되었는데, 상단의 단원이 백만 명 정도였어요. 그러니 단원에게 정보가 들어오면 어디로든 빠르게 전할 수 있었지요.

보부상 상단의 목나발

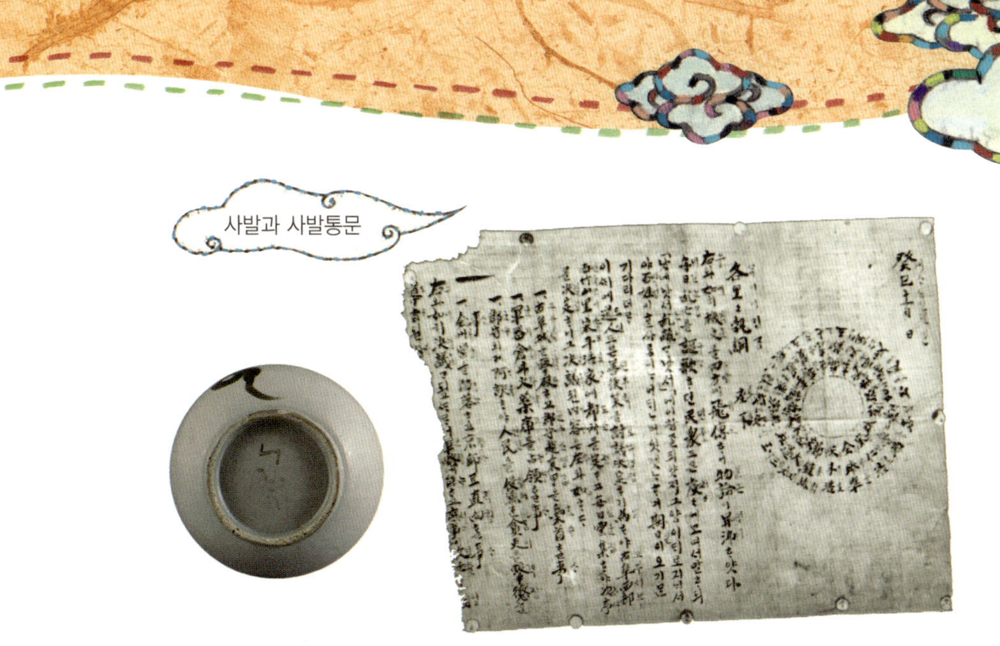

　　보부상 상단끼리 급한 연락을 취하거나 위험을 알려야 할 때는 목나발을 불었어요. 상단에 속한 단원들에게 목나발의 소리에 따라 다른 뜻을 미리 알려 주었어요. 그리고 다른 상단에게 알려지지 않게 조심해 서로 연락을 했어요. '사발통문' 이라는 보부상만의 통신 방법을 사용하기도 했어요. 사발의 테두리에 검은 먹을 칠해 종이에 찍어서 동그란 원을 만들어요. 원의 둘레에 소식을 전하려는 사람의 이름을 빙 돌려서 적고, 그 옆에 전달하려는 내용을 적었지요. 사발통문은 체계적으로 조직된 연락망을 통해서 상부에서 하부로, 각 시장마다 있는 보부상단에 전해져서 각 해당 지역의 보부상에게까지 빠르고 정확하게 전해졌어요. 봉수보다 빠르고 정확했기 때문에 나라의 위급한 상황에서도 나라의 기밀을 전할 때 이용했어요. 보부상의 이러한 통신 방법은 동학농민운동 때도 중요하게 사용되었어요.

교과가 튼튼해지는

우리 것 우리 얘기

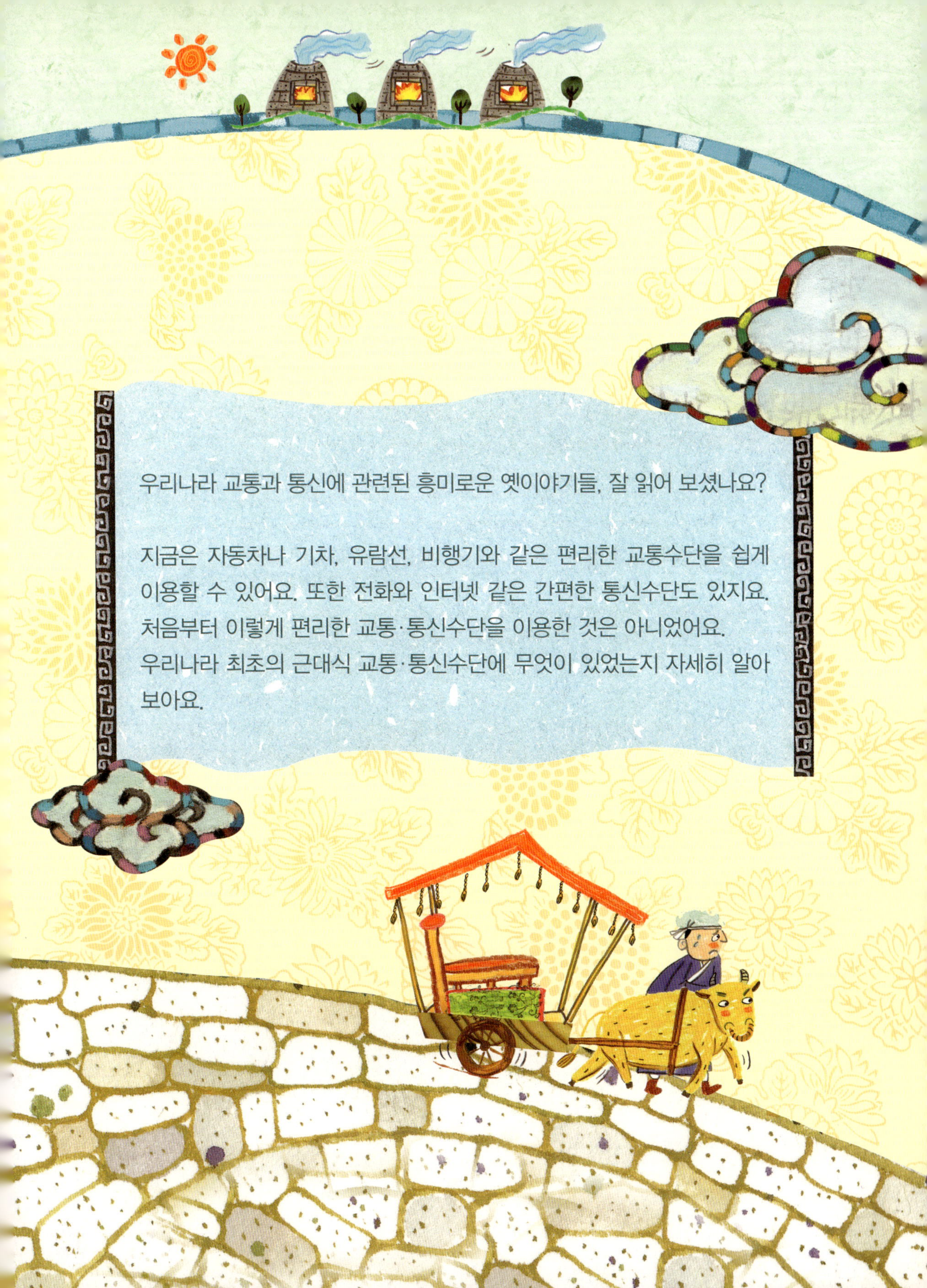

우리나라 교통과 통신에 관련된 흥미로운 옛이야기들, 잘 읽어 보셨나요?

지금은 자동차나 기차, 유람선, 비행기와 같은 편리한 교통수단을 쉽게
이용할 수 있어요. 또한 전화와 인터넷 같은 간편한 통신수단도 있지요.
처음부터 이렇게 편리한 교통·통신수단을 이용한 것은 아니었어요.
우리나라 최초의 근대식 교통·통신수단에 무엇이 있었는지 자세히 알아
보아요.

우리나라 최초의 근대식 교통과 통신

최초의 자동차

우리나라에서 자동차가 처음 등장한 것은 1903년이에요. 당시 고종 황제가 왕위에 오른지 40주년을 기념하기 위해 들여왔는데, 이 자동차는 행사 때 보여주기 위한 용도였어요. 하지만 안타깝게도 1904년 러일 전쟁 이후 사라졌어요. 그 뒤 1911년에 황실에서 사용하기 위해 캐딜락 리무진으로 다시 수입해 순종 황제와 황후가 이용했지요.

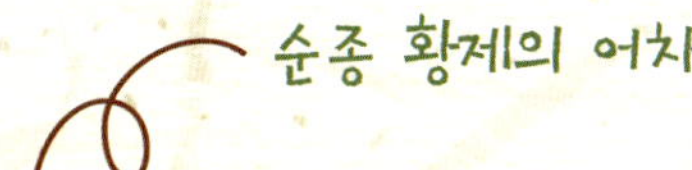

순종 황제의 어차

최초의 국산 자동차

1955년 8월 한국 전쟁을 통해 미군이 들여온 차의 부품을 활용해 다시 조립한 것이 최초의 국산 자동차랍니다. 이 차는 새 출발을 의미하는 '시발'이라는 한자어를 풀어써 '시발 자동차'라고 이름 붙였어요. 이 자동차는 후에 택시로 인기를 더 끌었답니다.

시발 자동차

최초의 전차

1899년 5월에 개통된 한양의 전차는 아시아에서 두 번째로 개통했어요. 고종 황제가 대한제국을 수립 한 후에 도시 계획에 따라 지금의 서울 시청 앞 광장을 중심으로 전차 도로망이 생겼어요. 전차는 1960년대 말까지 거리를 누빌 정도로 많은 사람들에게 사랑을 받았답니다.

최초의 철도

1899년 서울과 인천을 연결한 경인선이 최초의 철도예요. 1897년 3월에 공사를 시작해 1899년 노량진역에서 개통했어요. 노량진과 인천 제물포 사이의 33.2킬로미터를 운행했는데, 증기기관차를 이용해 시속 20킬로미터 정도로 움직였어요. 하루에 2번 운행했고 소요 시간은 1시간 30분이 걸렸다고 해요.

경인선 운행 기차

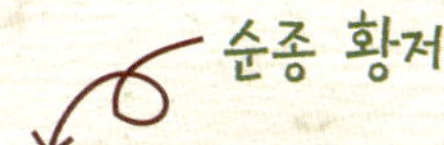

최초의 우체국

우정총국은 조선 시대 말 우편 업무를 담당하던 관청이에요. 1884년 10월에 우편 업무를 시작했는데 근대식 우편 방식을 도입했어요. 하지만 이 제도는 갑신정변이 일어나서 20일 만에 폐지되었어요. 고종 32년에는 우체사라는 우편 업무를 담당하는 관청이 다시 생겼어요. 우체사는 서울과 인천에 만들어져서 체전부를 통해 편지를 배달했지요. 체전부는 지금의 우편 집배원이에요.

우정총국

10문 우표

최초의 우표

우정총국에서는 우리나라 최초의 우표를 발행했어요. 최초로 발행한 우표는 5문, 10문짜리였어요. 이 우표는 '문위우표'라고도 불리는데, 그 당시 우리나라의 화폐 단위가 '문'이었기 때문이에요.

전보

1885년 고종 25년에 한성전보총국을 만들었어요.
이곳에서는 한성과 제물포간에 최초로 전신을
개통해 통신을 시작했어요. 전보의 편리
함으로 인해 한양과 평양을 거쳐 의주
로 연결되는 '서로 전신'을 개통하
고, 서울과 부산 간에 '남로 전신'
을 1887년에 개통했지요. 1891년
에는 서울과 원산 간에 '북로전신'을
개통함으로 인해 전국적인 전신망을 갖추게 되었어요.

전화기

1896년 고종 황제 때 궁궐에 전화기가 처음 설치되었
어요. 고종 황제는 신하들에게 전화로 명령을 내리거나
궁금한 것을 물어볼 정도로 전화의 매력에 푹 빠져있었
어요. 고종황제의 전화를 받을 때 신하들은 전화기에
대고 절을 한 뒤에 무릎을 꿇고 수화기를 들었다고 해
요. 1902년 시외 공중전화가 설치되면서 궁궐뿐만 아
니라 일반 백성도 전화를 사용할 수 있게 되었어요.

전화기

고종 황제

〈오십 빛깔 우리 것 우리 얘기〉 시리즈
권별 교과 연계표

 국어  사회 과 과학  도덕  음악  미술

 체육  실과 바 바른 생활  슬기로운 생활  즐거운 생활

- 신 나는 열두 달 명절 이야기 　　사 3-2　사 5-1　사 5-2　슬 1-2
- 관혼상제, 재미있는 옛날 풍습 　　국 1-2　국 4-1　사 3-2　사 5-2
- 조상들은 어떤 도구를 썼을까 　　국 2-2　사 3-1　사 5-1　사 5-2
- 옛날엔 이런 직업이 있었대요 　　국 5-1　국 6-2　사 3-1　사 4-2
- 꼭 가 보고 싶은 역사 유적지 　　국 4-1　국 4-2　사 6-1　사 6-2
- 신토불이 우리 음식 　　국 3-1　사 3-1　사 5-1　사 6-2
- 어깨동무 즐거운 우리 놀이 　　국 4-1　사 5-2　체 4　즐 1-2
- 나라를 다스린 법, 백성을 위한 제도 　　사 3-2　사 4-1　사 6-1　사 6-2
- 하늘을 감동시킨 효자 이야기 　　도 3-1　도 5　바 1-1　바 2-2
- 오천 년 지혜 담긴 건물 이야기 　　국 4-1　국 4-2　사 5-1　사 5-2
- 세계가 놀란 발명 이야기 　　국 3-1　국 5-2　사 3-1　사 5-2
- 빛나는 보물 우리 사찰 　　국 4-1　사 6-2　바 2-2
- 나라의 자랑 국보 이야기 　　국 4-1　국 5-2　사 5-1　바 2-2
- 나라를 지킨 호랑이 장군들 　　국 4-2　국 6-1　사 6-1　바 2-2
- 오천 년 우리 도읍지 　　국 4-1　사 5-2　사 6-1
- 하늘이 내린 시조 임금님들 　　사 5-1　바 2-2
- 옛날 관청과 공공시설 　　사 3-1　사 3-2　사 6-1　사 6-2
- 옛사람들의 우정 이야기 　　국 4-1　국 6-2　도 3-1　바 1-1
- 얼쑤, 흥겨운 가락 신 나는 춤 　　국 6-1　국 6-2　사 3-1　음 3
- 아름다운 독도와 우리 섬 　　국 2-1　국 4-1　국 5-2　사 4-1
- 본받아야 할 우리 예절 　　국 3-2　도 4-1　바 2-1　바 2-2

오십 빛깔 우리 것 우리 얘기 25

옛사람들의 교통과 통신

초판 1쇄 인쇄 | 2011년 5월 18일
초판 5쇄 발행 | 2017년 11월 1일

글쓴이 | 우리누리
그린이 | 민재회

발행인 | 이상언
제작총괄 | 이정아

디자인 | 디자인 뭉클

발행처 | 중앙일보플러스(주)
주소 | (04517) 서울시 중구 통일로 92 에이스타워 4층
등록 | 2008년 1월 25일 제2014-000178호
판매 | 1588-0950
홈페이지 | www.joongangbooks.co.kr
페이스북 | www.facebook.com/hellojbooks

ⓒ 우리누리 2011

ISBN 978-89-278-0115-3 14800
      978-89-278-0092-7 14800(세트)

주니어중앙은 중앙일보플러스(주)의 어린이 책 브랜드입니다.